다이어터

2

중앙books

똑똑

들어
오세요.

안녕하세요!

호오…!

정기검진 때문에
오랜만에 병원을 찾은
수지.

살이
정말 많이
빠졌군요?

정말요?

진짜 많이
빠졌나요?

헤헤헤헤
헤헤헷.

네

3달 전의 수지.

수지가 다이어트를
시작한 지 어느덧
70일째.

일주일 전쯤
폭식의 위기가
있었지만…

요요는 오지 않았다.

지방……

지금 남아있는
지방들이
얼마나 되지?

왜 이렇게
조용한 거야….

어서
보고해라…

어서…

대장님.
정신 차리세요.
포격이
계속되고
있습니다…!

살아남은 지방들이라도
수습하셔서 후일을
도모하셔야죠!

우린 아직
진 게 아닙니다.
힘을 내십시오!

지방은 다시
모으면 됩니다!

이자식들!
뭣하고 있나!

군가!

군가를
제창해라!!

지방으로…
태어나서…

할 일도…
많다만…!!

너와 나.
나라 지키는
영광에
살았다…

치킨과…

피자 속에…

맺어진
전우야!!!

폭식 때문에 좌절했던 수지는
다시 마음을 다잡고
오히려 찐 살을 빼버리겠다며
유산소 운동에 박차를 가했다.

찬희가 뭐라고
하기 전에
식단도 스스로
철저히 지켰다.

폭식 후 일주일이 지난
3차 중간 점검날.

그렇게 수지는
11.5kg을 감량했다.

그런 일이 있었군요.

운동은 정말 잘 시작하신 겁니다.

몸상태는 어때요?

두통과 손발 저림은 거의 없어졌어요.

그날은…아직… 불규칙하지만…

오늘 수지 씨의 종합 검진 결과는 지난번보다 훨씬 좋아졌어요.

하지만 아직도 많이 감량 하셔야 한다는 것은 본인이 더 잘 아시리라 생각합니다.

네…!

저는 항상 병원에 오는 사람들에게 식습관을 바꾸고 운동을 하라는 처방을 합니다.

하지만 그 말을 실천하는 사람은 별로 없죠.

체중 감량과 체형 변화는 다이어트의 이차적인 목적입니다.

요점은 생체 리듬을 정상화시키는 겁니다.

이대로 계속 꾸준히 해나간다면 수지 씨의 몸도 정상 리듬으로 서서히 돌아올 겁니다.

큰 헬스장

그래, 병원은 잘 다녀왔나?

네! 헉헉… 결과가…헉헉… 좋았어요…

좋아, 워밍업은 5분만 하고 내려온다.

헉헉…

여름이라… 땀이…

물 한 잔 마시고 할까?

많이 나네요… 헉헉…

네!

팔벌려 뛰기 30회만 하고 마시자.

30회요?

할 줄 알지 ??

할 줄은 아는데…

시작!

하나 둘 셋,

하나!

하나 둘 셋,

둘!

오늘부터는 무산소 운동을 추가한다.

팍 팍 팍

팍 팍 팍

앞으론 워밍업→ 무산소→ 유산소 순으로 운동하는 거다.

무산소 운동을 먼저 하면 유산소 운동의 효율이 높아진다!

같은 시간을 운동해도 지방이 더 잘 빠지게 되는 거다.

헉헉… 네.

옳거니, 감탄했다.

팍 팍 팍

무산소 운동

근력을 강화하는 운동입니다.

유산소 운동

체지방을 감량하는 운동입니다.

계속 뛰면서 들어! 시간이 별로 없다면 워밍업은 꼭 사이클이나 러닝머신을 10분, 15분 꽉 채우지 않아도 된다.

어차피 워밍업은 "지금부터 운동하겠습니다" 하고 몸에다가 알려주는 거다.

네가 할 운동의 비슷한 동작으로 몸을 풀어주는 것만으로도 좋다는 뜻이다.

200kg이 넘는 역기를 드는 선수도 워밍업 때는 5kg으로 가볍게 몸을 풀어준 다음 시작한다.

그런 의미와 비슷한 것이다.

자! 12개 남았어.

끄ㅇㅇ……

지금 내 몸에 달린 게 내 다리냐, 남의 다리냐!!

수지.
근력운동 부위를
크게 분류해야
한다면 어떻게
나눌 수 있겠냐.

네??

머리랑…
몸…?

지렁이냐?

…앞이랑
뒤인가요?

부침개냐?

수지가 앞으로
하게 될 근력운동은

상체

복부

하체

크게
이 세 부분으로
나눌 수가 있다.

오늘은 그중
하체 운동을
시작하는 날.

하체가 중요한
이유 중 하나는
많은 유산소 운동이
다리를 주로
사용하기 때문이다.

으으으…

몸이 흠뻑
젖은 뒤 마시는
생수 한 컵…!

이 꿀맛 같고도
짧은 시간!

오버하지 말고
빨리 와.

지금부터
네가 배울 건
하체 운동의 꽃,

스쿼트다!

스쿼트

squat- 앉았다 일어나기

1. 다리를 어깨 너비로 벌리고 편안하게 선다.

2. 서서히 무릎을 굽혀 허벅지가 지면과 평행이 될 때까지 앉는다.

허리는 꼿꼿이 세운다.

시선은 전방 15도.

무릎이 발끝을 넘지 않도록 주의한다.

8~15회 정도 반복하는 것을 1세트로 해서, 3세트를 반복한다.

너무 쉽다면 횟수를 늘리거나, 다양한 방법으로 무게를 추가하면 된다.

으랏차 차차차차!! 스쿼트 자세!!

어이쿠! 무겁군. 좀 똔어먹어야겠다.

와아, 선생님!! 너무 멋지세요!!

일상생활에서도 틈틈이 할 수 있다.

수지에게 스쿼트 자세를 알려준 찬희.

처음인 수지는 일단 10번을 해보기로 했다.

별로 어렵게 보이지 않는데?

선생님은 쉽게 하니까....

자세 웃기다.

자, 그럼 일단 자세를 잡아볼까. 덤벨을...

아, 처음이니 맨손이 낫겠군.

양팔을 네 팔뚝에 얹어봐라.

다리는 11자로. 서서히, 서서히 쪼그려 앉는 거야.

TIP: 개인 체형에 따라 발끝을 조금 벌리는 게 편할 수도 있습니다.

?!

힘들어!!

무릎이 너무 튀어나왔잖아! 집어넣어!

이러면 무릎만 아파진다!!

엉덩이는 뒤로 빼고!

허리는 펴고!

끄으읍...

숨은 참는 게 아니야! 숨 셔!

호흡은 중요해! 일어날 때 내쉬는 거다! 어서 숨을 뱉으라고!!

후!

후!

후!

후.

털

쓱

다시!!

서서히 쭈그려 앉으면서! 허리를 펴! 엉덩이 내밀고!

저 뒤에서 운동하는 회원들에게 네 엉덩이를 마구 뽐내란 말이야!

…

거울에 비친 네 옆모습을 봐.

무릎이 튀어나왔나, 들어갔나!

…!!

중심! 중심은 이 부분이다.

뒤꿈치!

뚱뚱해 …!!!

TIP

7 : 3

정도의 비율로 무게중심을 배분한다.

멍청아!
중심이
흔들리고
있잖아!

뒤꿈치가
중심이라고?!

중심…!!

슬쩍

발바닥은
들면 안 돼!

털

썩

다시 시도!

시작!

부들
부들

좋아!
잘하고 있어!

좋아!!
그래!!

쿵

으악!

다시 시도!

초등학교 때… 숙제를 안 해가서
친구들이랑 벌 받았었지.

투명의자…

그 자세가 바로
스쿼트였던 거군요….

으…
찌릿찌릿해…!
왜 보는 것처럼
잘 안 되지?

다시!

그냥
걷기나
하고 싶어
….

중심 잡기가 너무
힘들어요!
어떻게 무릎이
안 튀어나올 수가
있죠?

쉬운데
ㅋㅋㅋ

익숙하지
않으니까
그래.

살이 그렇게
편하게
빠지는 줄
알아?

그냥
보기만 할 땐
쉬워보였지?

넌 지금
니 몸 하나도
스스로
컨트롤 하지
못하고
있는 거야!

수지는 중학교 때 체육 시간이 생각났다.

그날 수업은
철봉 매달리기였다.

자, 이렇게
매달려
버티는 거다.

기록을
잴 거야.

자, 그럼
신수지.

이리
나와봐라.

네?

네가
할 수 있으면

이 반 애들
다 할 수
있으니까.

하 하 하

하 하

하 하
하 하
하

그때 난
웃었지만
즐거워서
웃었던 게
아니다.

하
하 하

하지만…
그때 그 선생님 말을
바꿔 생각해보면…

다른 사람도
할 수 있는 거면
나도 할 수
있다는 얘기다!

짐볼을 이용해
보기로 했다.

서서히
앉아봐.

그래, 좋아
굿!

어어...!
너무 기대면
안 돼!

공 모양이
찌그러지면
안 된다!

쭈
욱

공이 불쌍
하잖아!

중심을
앞으로
옮겨라!

그렇지.
살짝만
기대는 거야.

끄으응

고개는 왜
처박고 있어?

드디어 나왔다!!
스쿼트 자세!!

시선은 15도
위를 봐!

땅은 보면
안 된다!

그렇게 2초를
버티고
일어나는 거야.

예쁘고 탄탄한
하체를 만드는
기본 운동입니다.

내쉬면서
일어나고
...

후우욱

허벅지에 자극이
오는 걸 느끼면서
천천히 앉아라!

끄으윽...!
허벅지가
터질 거 같은데!

겨우
두 개째야.
엄살
피우지마.

끄아악...!
터져!!
터진다
아아아!!

부들

부들

안 터져!
자,
한 번 더!

14

크으윽
!!!!!

입술 깨물면서 숨 참지마! 잠수하냐?

내쉬라구!

ᅌᅌᅌᅌᅌ

허벅지가 불타버려어엇 !!!!!!

좋아! 잘했어.

자, 그럼 네 개째!

ᄋᄋᄋ !!!!!!!!

스쿼트······ 부르다가 내가 지쳐 허벅지가 터져버릴 그 이름이여······!!!!

다섯!!

절반이나 남았어···!

여섯!!!

카운트 다운···!

일곱!

3··!

여덟!

2··!

아홉!

1··!

마지막 횟수는 10초를 버텨봐!

하나!

끄으으으읍····!!

둘···!!

부들 부들

뭐?! 끝이 아니야?!! 끝이 아닌 건가!!

셋···!

넷···

다섯·····

······.

엄청난 자극···!!!!

시간이······ 이렇게 안 갈 수가 없다···.

여서어어어어어엇···.

좋아!! 10!!!

크아--!

띠용

털썩

해냈다!

하악 하악

내가 스쿼트 10번을 해내고야 말았어!

하악 하악

냉큼 주저 앉지마!

뻥

쉬어도 일어서서 쉬라고.

으… 네.

자, 그럼 40초 쉬고 2세트 들어가자.

?!!!

3번만 할 거야.

이걸 몇 번 하는 건데요?

허…!!

근력운동은 보통 3~4세트를 기본으로 한다.

하나, 둘, 셋, 넷…

으아아아아….

스쿼트 3세트와 가벼운 스텝운동을 마친 수지.

흐느적

으… 다리가 제 다리가 아닌 것 같아요….

곧 익숙해 질 거야.

가볍게 윗몸 일으키기도 해볼까. 앞으로 할 복부 운동의 준비 운동 정도로.

도르륵

!

체력장때 윗몸일으키기 몇 개 해봤나?

한… 15개 정도요? 근데 졸업하곤 한번도 안 해서 아마 하나도 못할 거 같아요….

그때보다 더 잘할 수도 있지.

자. 일단 하는 데 까지만 해보는 거야.

자!!! 힘차게!!

딱 20개만 하자!

기합 팍 넣고!!

네.

야, 누워 있으니까 얼마나 편하냐?

그렇군요! 누워있으니까 편하네요!!

스쿼트보다 백 배는 나아요!

열심히 할게요!!!

이처럼 서로 다른 부위를 번갈아 가며 운동하면 효과적이다.

좋아!

준비…

시…

작!

떡

다리가 아닌 복부에 힘을 줘야 한다.

죄송해요…어쨌든 20개 했으니까 봐주세요.

알았어.

끝나고 러닝머신도 30분 빨리 걸었어요!!

알았어, 알았어.

?

저어.

흔들 흔들

집에 가서 주무시면 안 될까요?

으,으음?! 수지 씨는??

수지 씨는 어디 갔어!!

근력운동 해본 소감이 어때?

음... 배랑... 허벅지가... 얼얼하고 뻐근한 정도...

그래도 의외로 할 만 한데요!?

저 근력운동에 소질있는 거 아닐까요??

우후후후후!!

... 그러냐?

어이쿠. 부럽다 부러워!

빙 떡

진정한 고통은

으으...

다음날부터 시작된다.

으으으...

으으 으으...

으으...

으으으으!!

아!! 시끄러 죽겠네!

조용히 출근하란 말야, 근력운동에 소질있는 수지야!

괴로워
…!!!!

선생님…
오늘은 걷기 운동
안 하면 안 돼요…?

안 돼! 차라리 조금씩
움직이는 게 근육통이
더 빨리 풀리니까
걸어서 가!

어차피
장마철이 오면
걷지도 못해,
어서 어서!!
맑은 날씨에
감사하라구!!

으ㅎㅎ
ㅎㅎ…

뻥

비가 오면
안 걸어도
되는데…!

미얀…

원망스런 햇빛…!

으으으
으으으…
앉고
싶어~~

두근·두근

내 배…!
내 허벅지…!!

밀지 마세요…
으으으으…!!
아아아아…!!!
살려줘~~

우르르

이제 겨우
계단 오르기에
익숙해졌나
했는데…

한걸음
한걸음이
너무
힘들다…!

이런
고통은
…

지금까지
한 번도
겪어본 적이
없어…!!

으으으으…

끄으으으…

으으으…

으으…

끄으…

이곳은 복부 마을입니다.

끄으으…

꼬마근육이
살고 있는
마을이기도
하죠.

벌커

이게 대체
무슨 일이야!!
응?!

몸은
괜찮은 거야?!

으으…
아버지…

태풍이
왔어요.

우와아아~

아아

단 한 번도
겪어본 적 없는
거대한 태풍이
…!!!

태풍…?
태풍이
왔다고…??

지방들이 끌고
올라가는 것도 모자라
이젠 자연재해까지
덮친단 말이냐!!

으흐흑…
살기가 점점
힘들어 지는구나…
집도 다 부서지고
…
이제 우린
어떡하라고…!!

아버지…

그래도 우리는
나은 편이에요.

허벅지 마을은 완전 작살이 났대요.

ㅇㅇㅇ… 끄ㅇㅇ… 으윽…

…. …. ….

야 이놈들아! 일어서라, 일어서! 꾀병 부리지마!

근육 함부로 차지 마라.

에… 왜요??

상처 입었잖아.

내버려 두라고.

대장님…!

근육들에겐 슬픔에 빠져 있을 여유 따윈 없었다.

집도 없는데 태풍이 다시 불기라도 한다면 그야말로 끝장이야…!!

라는 위기감만이 마을을 지배했다…!

여기 나무가 없어!

각목이 부족하다!

깨진 유리창은 어떡하지?

하지만 모든 게 부족한 상황…

벽돌 좀 더 구해와!

망치 빨리 쓰고 돌려줘!

깨진 유리창 좀 어떻게… 좀….

빵 빵 빠-앙

?

쿠르르르

뭐,뭐야… 태풍이 다시 오는 거냐?!

지방인가?

아니, 아니에요.

저건…

벽돌…! 벽돌을 가득 실은 트럭이 와요…!!

부우우웅

레미콘도 나란히…!!

앗!

단백질 이에요!!

1. 심폐지구력을 늘리자

심폐지구력을 간단히 설명하면, 심장과 폐의 힘과 능력이라고 생각하시면 됩니다. 심폐지구력이
왜 중요할까요? 심폐지구력은 생활과 건강에 가장 밀접하게 연관된 체력 요소이기 때문입니다.
일이나 학업을 하면서 쉬 피로를 느낀다든가, 계단만 올라가도 숨이 헉헉 차는 이유는 심폐지구력이
현저하게 낮기 때문입니다.

"저는 주로 앉아서 일해요. 운동이랑 피로가 무슨 연관이 있나요?"
곰곰이 생각하면 날카로운 질문입니다. 운동량 자체가 적은 정신노동을 한다면, 주로 사용하는
기관은 두뇌입니다. 두뇌는 총 사용 열량의 20%를 사용하는 기관입니다. 에너지는 혈액을 통해
공급되며, 에너지를 소비하는 데는 산소가 필요합니다. 두뇌에 에너지와 산소를 더 많이 공급하려면
그만한 심폐지구력이 뒷받침되어야 합니다. 만약 심폐지구력이 나쁘면 "두뇌에 에너지랑 산소를
보내야 하는데… 힘이 모자라～"라면서 심장과 폐는 무리하게 일합니다. 그러면 쉽게 육체적 피로가
오고요.

미국의 한 대학이 고등학생을 대상으로 조사했습니다. 아침에 중–고강도 유산소 운동을 한 그룹과
아침에 운동하지 않은 그룹을 나누었는데, 그 결과 유산소 운동을 한 그룹에게서 괄목할 만한 성적
향상이 있었다고 합니다. 이는 심폐지구력 향상으로 두뇌에 보급되는 에너지와 산소의 양이 늘어났기
때문입니다. 이렇게 정신과 신체는 밀접한 관련이 있는 것입니다.

신체의 어떤 부위든 잘 움직이려면 에너지와 산소가 필요합니다. 근육 역시 마찬가지입니다.
심폐지구력이 낮으면 운동 효율 역시 떨어집니다. 수지가 처음에 근육 운동 없이 유산소 운동을 먼저
시작하는 이유가 이 때문입니다. 심폐지구력이 늘어나야 근육에 더 많이 산소가 공급되고,
더 효율적인 운동이 됩니다.

2. 무산소와 유산소 운동 순서는 어떻게 하는 게 좋을까?

〈다이어터〉에서 추천하는 운동 순서는 워밍업–무산소–유산소입니다. 이것은 검증된 방법이고
효과도 확실합니다. 그러나 현명한 독자들은 왜 그런지 의문을 가져보시기 바랍니다. 끊임없이 운동
방법에 대해 고민을 해야 더 효율적인 운동을 할 수 있습니다.

그 이유는 이렇습니다. 유산소 운동은 열량 소모가 크고, 피로가 많이 오는 운동입니다.
근육을 효율적으로 운동시키려면 에너지가 빵빵하게 남을 때 무거운 것을 마구 들어줘야 합니다.
어제는 5kg을 들었는데 오늘은 컨디션이 안 좋아 4kg을 들었다, 그럼 운동 효율이 확 떨어집니다.
컨디션이 좋지 않음에도 운동하러 나왔는데 그 정도는 봐줘야 하지 않겠느냐, 라고 생각해도
소용없습니다. 그런 면에서 근육도 잔인한 구석이 있습니다.

근육을 빨리 성장시키려면 몸에 무리가 되지 않는 범위 내에서 가능한 한 많은 무게, 많은 횟수를
들어야 합니다. 그런데 유산소 운동을 먼저 해서 체내의 에너지를 소모해버리면 무산소 운동을 할 때
최대 무게, 횟수를 들 수 없습니다. 간단히 말해 유산소 운동으로 미리 힘 빼지 말라는 겁니다.

유산소 운동 효율도 떨어집니다. 신체의 운동 에너지는 주로 간에서 저장된 글리코겐이라는 물질에서
나옵니다. 글리코겐 소비가 많아지면 슬슬 지방 연소가 시작됩니다. 이 때문에 무산소 운동으로
글리코겐을 먼저 소비하고, 유산소 운동을 하면 지방 연소가 더 빨라지는 것입니다.

워밍업–무산소–유산소의 순서가 정석이지만, 그렇다고 이것을 반드시 지켜야 할 필요는 없습니다.
"난 워밍업 생략하고 유산소 운동을 왕창 해서, 몸이 후끈할 때 무산소 운동을 하는 편이 좋아요"
라고 말씀하신다면 그렇게 해도 좋습니다. 모든 사람에게는 개인차가 있습니다. 내게 맞지 않는
방법을 억지로 하다가 운동에 대한 흥미를 잃을 필요는 없으니까요.

이보시오!
이게 무슨 짓이오!
하마터면 큰
사고가 날 뻔하지
않았소!

근육 님들의
마을이 큰 타격을
입었습니다!

근육 님들을
위해
이 벽돌과
레미콘을
빌려주시지
않겠습니까!

부탁
입니다!

뭐…
근육 마을이
피해를…?

….

….

….

….

좋소.

어차피 이 자재들은
곧 지방 놈들에게
빼앗겨 버릴 테니.

차라리
근육 님들에게
바치는 것이
더 낫겠군요.

이것들 전부를
운전사와 함께
넘겨 드리겠소.

벽돌 말고도
유용한 것들이 많으니
잘 쓰도록 전해주시오.

됐어!

됐어!

드디어 근육 님들을 위해 일할 수 있는 순간이 온 거야…!

나는야 공구전사!

창문이다. 창문!

아싸 득템!

대문이 생겼어!!

시멘트 돌격!!

와아아~

우르르르

걸레질만 잘 하는 줄 알았더니….

고마워이…

치덕 치덕

단백질의 활약으로 인해 수지의 근육 마을은 이전보다 더욱 튼튼하게 재건되어 갔다.

아직도 욱신욱신 해요…! 흐흐….

익숙하지 않아서 그런 거야.

…!

부장님? 일찍 가시게요?

수… 수지 씨…!!

…난 한 달 후에 더 멋진 사람이 되어 돌아올 거야!!

?

?

……．

그리고
당신!

?

찍

내가 몸짱이
되면 후회하지
말라고!!!!

이 양아치
같은 남자야!!

으흐흐…

쌩

…… ……

? ? ?

이 역시
자세한 이야기는
잠시 전으로
돌아간다.

두리번

두리번

수지 씨가
아직 안 왔군….

너무 빨리왔나…

수지 씨가 오기 전까지 좀 쉴까…?

일단 오늘도 나오긴 했는데 뭘 해야 하지?

뭐부터 하지?

뭘 해야 이 뱃살이 빠지지?

뱃살만 빼는 운동은 없나?

쭈욱

쭈욱

없다.

아니, 뱃살 따위는 중요하지 않아.

중요하다.

매일매일 헬스장에 나오고는 있지만….

수지 씨와 친해지긴커녕 오히려 점점 멀어지는 게 문제다….

부장은 매일같이 관장에게 혼나기만 하고 운동도 재미 없었다.

좋은 환경….

괜찮은 트레이너….

이렇게 하시는 겁니다.

그보다 더 중요한 것은 운동하고자 하는 의지와 건강해져야겠다는 절박함.

부장은 그게 없었다.

그저 매일매일 억지로 떠밀려 나오는 심정…. 열심히 할 수 있을 리가 없는 것이다.

그나마 한 가지 재미있는 일이 있다면 뻥튀기 아줌마와의 수다 정도.

ㅋㅋㅋㅋ
맛있다!

스윽
읍!

그래….
이 헬스장에서
아줌마만은
내 편이라고!

기웃
기웃

그나저나
수지 씨는
언제 오나…?

언젠가 꼭 사고를 낼 것 같단 말이야….

슬금
슬금

…

헤…. 헤헤.
헤헤헤.

후우
후우
관장 자식
….

흐압!

은행에선
내가 짱이란
말이야!

끄아
아아
아아
압!

부들
부들

덤벨 컬

가장 기본적인 이두 운동
호흡은 들어 올릴 때 내쉬고
내릴 때 마신다.

적당한 무게를 선택할 것.

지나친 고중량은 부상과
각종 사고의 위험이 크다.

이게 다 살이 아니야. 근육이라고.

이 정도는 거뜬히 들 수 있단 말씀이야….

너무 무리하시는 거 아닙니까?

아뇨. 이 정도가 저에게 딱 맞습니다….

씨-익

부들 부들

네, 네.

다시 한 번 말하지만 무게에 대한 과도한 집착은 사고를 부른다.

으아!!

무거워 죽겠네!!!

뒤뚱 뒤뚱

이렇게!

와작

헉!!

으오 아아 아앙!

어떡하지….

어떡하지~!! !!!!!!!!

벌벌

털썩

그 자식 화나면 진짜 무서운데 …!

저기…. 안 쓰면 좀 비켜주실래요?

!

저 벤치 프레스 해야 하는데.

벤치 프레스

가슴 근육을 발달시키는 가장 대표적인 상체 운동이다.

덤벨컬은 작은 근육 운동.

벤치 프레스는 큰 근육 운동.

초보자의 경우 큰 근육에서 작은 근육 순서로 운동하는 게 일반적이다.

돌탑을 높이 올리려면 넓고 평평한 돌부터 시작하는 것과 비슷하다고 할까.

어쨌든 깊은 고뇌를 방해받은 부장은 화가 났다.

아. 꼭 지금 이걸 해야겠어? 다른 기구 해! 다른 기구!

아니…. 지금 그냥 앉아 계시면서….

난 지금 심각하단 말이야!

뺄 살도 하나도 없으면서 그래. 무슨 운동이야. 운동이!

먹는 거나 많이 먹으면 되지.

살도 안 찌고 부럽네, 부러워!

이처럼 남의 몸에 대해 함부로 내뱉기는 얼마나 쉬운가…!

뭐지. 이 무식한 아저씨는…!

말랐다고 칼로리 높은 것만 냅다 먹어대면 내장지방만 쌓인단 말이야!

내가 살찌려고 식이랑 운동에 얼마나 노력을 기울이는지 알지도 못하면서 …. 진짜 짜증난다.

아, 그래. 비켜 줄 테니 하쇼! 해!

....

자기가 거울 깬 걸 남에게 화풀이하는 못된 부장.

해서 몸짱 되라고!!

부장의 민폐는 이분만이 아니었다.

여기는 물통!!

여기는 핸드폰!!

여기는 땀 수건!!

1인 4기구 독점!!

자기 혼자 대체 몇 개를 쓰고 있냐...

진짜 비호감일세.

으라차차

슬프게도 정작 본인은 모른다.

깨진 유리 근처에 멍하니 앉아있다간 100퍼센트 의심받게 돼.

우선 러닝이나 뛰면서 생각해보자.

뭐라고 사과해야 화를 안 낼까?

어떻게든 좋게 좋게...

9.8

SPEED Km/h

빽 빽

빽

누가 거울을 깼어!

저 사람이요. 저 사람!

제가 봤어요!

헉!

두다닥

다닥

이미 뛰기 시작.

오호라.

으아아!!

성큼 성큼

으악.

으악.

으악.

뛰어 봤자 러닝머신 입니다!!!

빽 빽 빽

두다닥

속도 낮추는 중.

으아아아아!!

무서워!!

지금 어디로 도망가는 겁니까!

문!! 여세요!

마흔후반 남자의 눈물.

뭐 하는 짓입니까. 초등학생도 아니고!

당신이 그러는데 어떻게 열어~~!

열어! 열라고!

더 이상은 못 참아.

이 뚱땡이 자식!

무슨 일인데요?

뭔데?

뭐야?

또 사고 쳤나?

사람들이 몰려 든다…!!!

열어.

쪽팔려…!

더워~~!!

아니, 왜 그래 왜?

뭔 일이야.

아줌마다!

유일하게 내 편인 뻥튀기 아줌마!

관장놈…! 아줌마 한테는 암 말 안 하고…!

이렇게 두고 다니면 안 돼요!

아줌마도 열심히 안 하는데 왜 나한테만 그래!

네온비 관장은 뻥튀기 아줌마만큼은 깍듯하게 대했다.

오셨습니까. 안녕하세요.

무슨 일이죠?

부장은 몰랐겠지만 뻥튀기 아줌마는 건물 주인.

저분이 거울을 깨고 숨어서…

아니, 거울을요? 근데 왜 저기 숨었대?

월세도 잘 내는 이 헬스장 기물을 파손했다고?!

회원 떨어지면 책임 질 거야!

아주 나쁜 사람이구만!!

아…

나와요! 나와!

아줌마 아아아…!

환불해줘요. 환불!

나 안 다닐 거야!

정말 입니까?

……

안 돼…! 그 꼴을 두고 볼 수는 없어 …!!

주룩 주룩

끼억…

털썩

미안해요….

한 달간
쉬겠소
….

네온비 관장의
헬스장은
장기간 등록한
회원에 한해
한 달 정도 기간을
늦출 수 있는
방법이 있었다.

여기서 계속 굴욕을
당하느니 한 달 동안
살을 쫙 뺀 후에 다시
나오는 게 낫겠어.

그냥 환불
하셔도 됐는데.

…그렇게 된 거다.

그래, 바로 이거야!

그리고 부장은
자기 나름대로의
다이어트 방법을
결정했다!

새빛은행 점심시간.

부장님, 점심 뭐 드실 거예요?

항상 드시던 부대찌개?

김치찜?

감자탕?

아니야. 아니야….

난 오늘부터 내 방에서 혼자 먹겠네. 도시락을 싸왔거든.

그리고 당분간 회식도 안 할 거야.

?!!

오오..

다이어트 하시는 거예요? 진짜로?

부장님이?!

도넛 전문점 우량고객인 부장님께서 다이어트를?!

하하하하… 다들, 기대하라고.

하지만, 직원들 누구도 큰 기대는 하지 않았다.

공깃밥은 빼주세요~!

척

수지 씨는 참 부지런하다니까.

에헤헤헤헷. 자꾸 먹어버릇하니까 고소하고 괜찮더라고요.

맞아, 요즘 살도 많이 빠진 것 같고. 현미밥 맛있어?

점심을 회사 동료와 백반집에서 먹는 일이 많아지자 수지는 현미밥을 싸다니기 시작했다.

애초에 밖에서 사먹는 음식 중에서 몸에 좋은 건 찾기 어렵다. 대신 흰 쌀밥이라도 피하도록 해.

삐이이이

외식은 최대한 안 하는 게 제일 좋겠지만….

직장생활 하면서 다이어트 한다고 너무 티 내고 다니는 것도 좋은 방법은 아니야.

슈우우

그럼 괜히 안 좋은 소리나 싫은 소리를 더 하는 사람도 분명 있거든.

떡 떡

동료와 적당히 어울리면서 현명하게 식이 조절하는 것도 네 능력이야.

가끔 살 찌는 걸 먹었을 때나, 과식했을 때는 다음날 조심하면 된다.

자, 다음부턴 네가 싸.

부장님 다이어트 한다는데 성공할까?

딸그락

분명히 원푸드겠지. 마법 수프거나….

난 실패하는데 만 원 건다.

나도 실패하는데 만 원 건다.

뭐야 그럼 내기가 안 되잖아?

ㅋㅋ ㅋㅋ

….

정말 원푸드로 다이어트 하시는 걸까? 말리고 싶은데….

이젠 운동도 안 나오시고.

부장님은 정말 옛날의 나 같다.

급하게 빼고 싶은 마음 난 너무 이해해.

큰헬스장

큰헬스장

아이구 다리야….

끙

오늘은 복부 운동 하는 날…. 그리고 유산소도….

운동의 시작은 언제나 워밍업부터….

빨리 가볍게 운동해서 풀자….

스윽 스윽 스윽

아, 내 다리….

주물 주물

어…?

어엉?

왜 이래! 내 허벅지!!

퍽 퍽 퍽

언제부터 이렇게 딱딱해진 거지…?!

근력 운동해서 그런 건가…!!

두 둥

안 돼…!

그런 몸은…. 좀…!

워밍업 벌써 끝났어?

…저‥기….

머뭇 머뭇

?

아무래도 표준체중이 되기 전까지는 근력운동을 하지 않는 게 좋겠어요!

무슨 소리야?

근육이!

근육이 너무 많이 생기면 어떡해요?? 그럼 몸이 울퉁불퉁 해지잖아요, 남자처럼!!

이것 봐요…!

딱 딱

운동했더니 종일 딱딱하단 말이에요…!

저는 인바디 봤을 때 지방이랑 근육이 다 많은 상태인데…. 이 근육들이 다 커지면……

이렇게 되잖아요…!

우아앙

……

근력 운동을 하지 않는 여자들의 가장 큰 착각 중의 하나….

그건 마치 이런 얘기와 같다.

야, 신수지. 넌 왜 공부 안 해?

구구단 이라도 외워….

!

너 큰일 날 소리 하는구나!

난 공부를 시작하면 너무 똑똑해져서 박사가 되어 버릴까 봐 안 하는 거야.

박사가 되면 곤란하단 말이야. 안경도 써야 하고.

….

근육이 그렇게 만만해?

근육이 그렇게 쉽게 생길 거 같아?

그럼 운동 찔끔하면 너도나도 전부 보디빌더하게?

근력운동을 근육짱 돼버린다고 안 하는 사람들은 그저 근력 운동에 무지한 사람의 패배적인 변명일 뿐이야!

잠깐 딱딱해졌다고 징징거리지 마. 이 징징아.

크런치

1/2 윗몸일으키기

이 정도 각도까지만 들어올린다. 목에 힘이 들어가지 않도록 주의!

상복부의 대표적인 복근 운동.

윗몸 일으키기와 비슷해 보이지만 상체를 바닥에서 완전히 들어올리지 않는 차이점이 있다.

최대한 배의 힘으로 상체를 올려야 한다.

그런가…….

그럼 왜 딱딱 해지는 거지…?

빵 빵 빠-앙

?

크르르르

뭐,뭐야… 태풍이 다시 오는 거냐?!

지방인가?

아니, 아니에요.

저건…

수분이 오고
있는 거예요!!

우르르르

인터넷에서
보고 왔습니다!

얼마나 상심이
크시겠습니까!

기왕
이렇게 된 거
희망을
가집시다!

전 생수를
지원할게요!

전 봉사활동
점수 때문에….

전, 그냥
구경…!

수분은 오지랖쟁이.
몸에 무슨 일만 생기면
언제나 달려와 참견하길
좋아한다.

뭐야? 무슨 일이야?

응? 응?

삐거나 부러지면
부어오르는 것도
일시적으로 수분이
몰리기 때문이다.

뚝딱

뚝딱

뚝딱

오 오

오 오

그럼 이제
가자.

그래.

아, 봉사활동
사인 좀….

볼일이 끝나면
전부 돌아가니
걱정하지 말자.

근육이 딱딱해지는 이유는
수분 외에도 여러가지가 있지만
다 말하자면 복잡해지니 생략.

보람찬 하루였다. 뿌듯해! 재밌다 히히

근육이 커지는 건 남성호르몬의 영향을 많이 받는다.

여자는 진짜 운동을 여어어어어어어어어어어어어어어어어어어어어어어어어어어어어어어얼씸히 해야 겨우 근육이 나올까 말까란 말이야!

정말요?

연아!

효리!

몸짱 아줌마!

다들 언제나 네 몇 배의 근력 운동을 꾸준히 한다.

그 사람들이 울퉁불퉁하냐?

아…….

그럼 여자 보디빌더들은 어떻게 된 거죠?

정말 열심히 한거지.

엄청난 운동과 자로 잰 듯한 식단을 지켜가면서.

저도 열심히 할건데….

아니, 그 분들은

방금 네가 한 것보다 100배는 더!

끄으으으…….

신수지! 자냐?

일어나! 유산소 운동 해야지!

이건 지옥이야….

수지는 크런치와 레그레이즈를 각각 4세트씩 힘겹게 끝냈다.

레그레이즈

다리 들어올리기

하복부의 대표적인 복근 운동.

허벅지나 엉덩이가 아닌 하복부 근육의 힘으로 다리를 들어올리도록 노력한다.

초급자의 경우 무릎을 약간 굽혀도 좋다.

이제부터 여기가 우리 집이야.

이왕 무너진 거 아예 새로 지어버렸지.

와~ 너무 멋져요!

짱이네요!

복부 마을은 하루 만에 재건에 성공한다.

앗!

구오오오

태풍이 또 오잖아?!

이젠 무섭지 않지롱!

역시 새집이 좋구나.

이번엔 날아가지 않겠지?

그럼요.

어…

어…?

쿠쿠쿠쿠

그리고 다시
부서진다….

우지끈

으아아아!

우우우웅

내~~ 집~~!

내~~ 집~~!

으아아아!

큭…!

크윽…!

애써 지은 집이
날아가는걸 보며
꼬마근육은
다짐했다.

언젠간 태풍에도
끄떡없는 집을
짓고야 말겠다고.

수지의 다이어트 4차 점검일.

찰칵
찰칵
찰칵
찰칵
찰칵

초반보다 정말 많이 빠졌군.

전체적으로 치수도 줄었고.

이대로만 하면 되겠다.

좋아. 넌 정말 훌륭한 샘플… 아니, 다이어터구나.

흠…

하지만, 왜 체중은 미세하게 줄어드는 걸까요. 초반에는 팍팍 빠졌는데요.

그렇다. 수지의 체중은 아직도 80.2kg

과식도…. 폭식도 안 했고 일주일에 한 번씩 먹고 싶은 것 1인분 정도를 먹는 것 말고는…. 0.5킬로 정도는 또 금방 빠질 줄 알았는데

왜 계속 이렇게 많이 나가는지….

운동도 일주일에 5번씩이나 나가는데. 장마 때문에 걷기 운동을 못해서 그런 걸까요? 아니면 너무 많이 먹어서….

?

도대체 뭐가 문제지…. 휴.

조급해 하지 마. 사진 봐. 빠졌잖아.

왜 그렇게 숫자에 집착하는 거야?

네가 80kg 이라고 해도 남들이 널 75kg으로 보면 되는 거잖아.

이 간식은 200칼로리! 이 간식은 190칼로리!

언제 어떤 걸 간식으로 먹느냐가 중요하지, 10칼로리 차이가 중요해?

오옷!
일어나서
바로 재니까
살이 빠졌당.

좋아!

끼얏!
밥 먹고 재니까
체중이 늘었어!

난 너무
뚱뚱해…!

으앙.

와우!
저녁때 화장실에서
큰 걸 내보냈더니
살이 쪽
빠져버렸네!!!

ㅋㅋㅋ

신난다.

…라는
너의 옛날 모습을
벌써 잊어버린 거야?

…….
…….

숫자에 상관없이 넌 하루종일 뚱뚱해!

네 체형이 어떻게
보이느냐가 중요하잖아.
어차피 체중계 숫자는 너만
아는 거고, 아무도 너한테

으흐,
님이 몇키론지
궁금함.

올라가 봐요.
올라가 봐~

체중계
갖고 왔음

라고 하지는
않는단 말이야….

체중에
너무 집착하지 마.
눈에 보이는 걸
믿으라고.

…

하지만…

80kg대와 70kg대는…

프리사이즈!
(44~66)

5,000
~10,000

SALE

4
6

마음가짐이 다르단 말이에요….

참고
일반적으로
나누는
여성 옷 사이즈

(상의)

	44	매우 마름
보통 사이즈	55	마름
	66	정상
	77	뚱뚱
수지는 여기쯤	88	
이후부터는 인터넷으로만 옷 사기도	99	
힘들기도 하다	100	
	110	

수지의 키인
163cm 기준.

80kg이나 나가는 내겐 아직도 이런 옷은 그림의 떡……

구경도 권하지 않는다.

…

5.000 3.000

FREE 50%

나는 언제쯤 길에서 파는 옷을 척척 사 입을 수 있을까….

새빛은행

안녕~ 수지 씽!

오늘도 좋은 아침이야.

두

둥

부장이 헬스장을 쉬고 다이어트를 시작한 지 열흘째.

이목구비도 조금 뚜렷해졌다.

현재까진 상당히 빠른 감량을 하고 있다.

좋은 아침.

오오…

부장님. 정말 살이 쭉쭉!

그래서 최근 많은 사원의 관심과 주목을 받는 부장.

신기하다.

운동하세요? 비결이 뭐예요?

차승원처럼 되시는 거 아니에요?

꽃중년! 미중년!

입사 이래 최고의 인기.

들었나. 수지 씨?

….

어떡하지. 내 만 원….

다른 사원들과 내기함.

50

난 이대로 살을 쭉쭉쭉쭉 빼고, 헬스장 가서 몸짱이 될 거야…!

아, 살이 빠지니 몸이 정말 가벼워~

이래서 사람들이 다이어트~ 다이어트 하는구먼.

비결 좀 알려줘요~

비결은 비밀~

탁

부장실

좋아~!

한 달 동안 딱 15kg만 빼고 헬스장에 다시 가자…!

지금 5kg이나 빠졌으니까 불가능한 것도 아니야.

양아치 녀석…! 매일같이 수지 씨를 괴롭히고 있겠지…!!

저보다 몸이 좋아지면 가르치시던가요.

실제로 한 말

자기 몸에 붙은 살부터 떼고 오시죠?

그리고 점점 부장의 머릿속에서 부풀려지는 기억.

나!!!!보다!! 몸이!! 좋아지면!!! 그!! 때!!!

말하란 말이야! 이 돼지야!!!!!

좋아질 거다.
이놈아!

원푸드가 안 좋은것
정도는 나도 알아.
다이어트 약도…!

무조건 굶기도
요요가 온다는 것
정도는 나도 안다고.

그래서 난
내 나름대로
누구보다 건강하게
다이어트를 하고
있단 말이다.

요요 따윈
없어!

퇴근길.

수지는
우울했다.

부장님은 대체
뭘 했길래
그렇게 단기간에
살이 빠진거지?
왠지 조바심 나….
나도 많이 뺐는데
다들 부장님만
칭찬하고.

내 체중은 계속
80kg….

체중이 변하지 않으니까
힘들게 근력운동하는 게
다 헛고생 같고….

우울해….

역시 식단이
문제인가?
부장님은 운동
없이도 잘 빼고
있잖아?

배가 고프기전에
조금씩 먹어야
하는 거다.

아몬드 10알씩
먹어라.

아침
챙겨먹어.

세 끼 다
제시간에
먹어.

먹어, 먹어…!
나 너무 많이
먹는 거 아니야?

체중이 80kg에서
멈춰버린 거 같아….

주변 사람의
급속 감량.
그것은 정석대로
걸어가는 수지의
마음을 뒤흔들기
충분했다.

수지 씨. 퇴근 중이야?

어? 부장님.

부장님도 퇴근하시는 거예요?

응. 수지 씨는 헬스 계속 다니는 거야?

네.

운동을 그렇게 열심히 하는데 빨리 빨리 감량이 잘 안 돼서 속상하겠구만. 허허!

수지 씨 옆에 붙어 있는 트레이너 능력이 없구만.

아니에요.

내가 단기간에 요요 없이 빼는 방법을 가르쳐줄까?

!!!!

그런 방법은 있을 리가 없어…!!!

그래도 솔깃하다…! 알고 싶다…!

아니에요 부장님…. 저는 그냥 이대로 갈래요.

아냐, 아냐. 들어봐. 수지 씨.

그 방법이 뭐냐면…

아아! 안들어요! 아아아아아아~!

수지 씨!

쌩

으으음…!

왠지 머리가 아프군….

다리에 쥐도 나고 …

피곤하군… 빨리 집에 가자.

아무래도 안 되겠어 ….

추쿵 추쿵 추쿵 추쿵

살이 더 잘 빠지려면 ….

여기서 먹는 걸 더 줄이는 수밖엔 없어…!

3. 운동 시 식단 재구성

운동 시에 필요한 영양 섭취도 기본적으로는 다이어트 식단과 크게 다르지 않습니다.
"근육에는 단백질이 왕창 필요하다며? 그럼 고기만 처묵처묵 하겠어!"라며 좋아하시는 분이
있으신가요? 〈다이어터〉 1권에서도 강조했지만, 가장 중요한 것은 균형입니다. 가령 건강을
위해 비타민C를 따로 복용하는 독자도 있을 겁니다. 그러나 비타민C 홀로는 온전히 섭취가 되지
않습니다. 비타민C와 상호작용하는 비타민B군, 아연, 엽산, 콜린 등의 영양소가 필요합니다.
마찬가지로 근 성장의 필수적인 단백질 역시 섭취를 도와줄 탄수화물과 여러 영양소들의 충분한
섭취가 필수입니다. 단백질만 들입다 먹기보다 다른 영양소를 골고루 먹는 편이 효과가 큽니다.

그러나 운동선수가 아닌 한, 영양 섭취의 세밀한 부분까지 관리하기는 어렵습니다.
우선은 〈다이어터〉 1권에서 소개한 식단을 기본으로 하세요. 본격적인 근력 운동을 시작하면 기존
다이어트 식단에 단백질, 탄수화물을 추가하여 섭취합니다.

4. 단백질과 탄수화물의 섭취

탄수화물은 신체 활동에 에너지를 제공하는 영양소입니다. 너무 많이 섭취하면 지방으로 변환되지만,
부족하게 섭취하면 운동 효율이 떨어집니다. 순전히 살을 빼려고 아무것도 먹지 않고 운동하시는
분도 있을 겁니다. 확실히 공복 상태에서 운동을 하면 지방 소비율이 매우 크다고 합니다.
그러나 그런 상태로 운동하면, 신체는 기아 상태나 마찬가지라고 여기고 막대한 양의 근육 단백질을
에너지로 소비합니다. 힘들게 운동을 해놓고 요요현상을 겪을 수 있다는 것이죠.

〈다이어터〉의 일관된 주장은 "요요 없는 다이어트! 근육을 단련해서 기초대사량을 늘리자!"입니다.
근육이 원활하게 움직이려면 에너지, 즉 탄수화물이 필요합니다. 다만, 이왕 탄수화물을 섭취한다면
지방으로 변환되지 않는, 최대한 운동에 반영될 수 있는 타이밍이 좋습니다.

운동하기 1~4시간 전: 충분한 탄수화물 섭취는 운동 능력을 향상시킵니다.
운동하기 1시간 이내: 개인차가 있지만, 사람에 따라 오히려 저혈당 현상을 일으킬 수 있습니다.
음식물이 충분히 소화되지 않았을 때는 위의 음식물이 시계추 운동을 하여 복통이나 소화불량을
일으킬 수 있습니다.
운동하는 도중: 소량의 탄수화물 섭취는 운동 능력을 향상시킵니다. 이때는 몸에 섭취되기 쉬운 당
형태가 좋습니다.

정리하면 운동하는 도중 탄수화물을 섭취하는 것이 좋다는 결론입니다. 운동 중에는 충분한 수분도
섭취해야 하므로, 포도 주스와 물을 1:4 정도로 희석한 것을 드시길 추천합니다. 혹은 스포츠 음료도
좋습니다. 포도 주스나 스포츠 음료의 가격이 부담된다면, 물 200ml에 꿀을 3작은술 넣은 꿀물도
좋습니다. 이것을 15~20분 간격으로 나누어 마시면 운동에 도움이 됩니다. 단 운동이 끝난 직후에
탄수화물 섭취는 거의 필요 없습니다. 배고픈 다이어트에 반대하는 〈다이어터〉지만, 이때는 인내심이
필요합니다. 물론 다이어트가 아닌 순전히 운동 목적이라면 운동 이후에도 약간의 탄수화물 섭취를
해주면 좋습니다.

단백질은 어떻게 섭취해야 할까요? 이는 탄수화물보다 다양한 학설이 있고, 과정도 복잡하므로
일반적으로 추천되는 방법만 정리합니다.

1. 식사 중 충분한 단백질을 섭취합니다. 하지만 요구량 이상의 많은 단백질이 근육 성장을 더 많이
시키지는 않는다고 합니다. 운동 시 하루 필요한 단백질의 양은 몸무게X(1.5~1.8)g입니다. 대략 매
식사당 20g 정도면 적당합니다.
2. 운동 직후 1시간 이내가 단백질 섭취하기 좋은 타이밍입니다. 이때 필요한 단백질은 닭가슴살
100g, 살코기 100g, 달걀 3개 정도입니다. 아니면 단백질 20g 정도 들어간 단백질 보충제도
좋습니다.
3. 다이어트가 아닌 순전히 운동 목적이라면, 40g 정도의 탄수화물을 동시 섭취합니다. 이는 근육
성장에 큰 도움이 됩니다. 바나나 1/2개, 사과 1개, 시리얼 반 컵 정도가 적정량입니다.

탄수화물과 단백질 섭취는 운동하는 데 가장 중요한 요소입니다. 과일과 채소를 곁들여도 좋습니다.

다음날 아침.

냠 냠 냠

2개를 들고 나왔지만 1개만 먹고 1개는 다른 사람 줘야겠다.

바나나 드실래요?

아, 고마워.

두유도 반만 마시고 버려야지….

전날 아침 식단.

AM 8:00
바나나 2개
두유 1팩
사과 1개
아몬드 5알

적게 먹으면 분명히 혼날 텐데….

종류만 적는다면 모르겠지.

늘 먹던 패턴이라고 생각할 거야.

슥삭 슥삭

AM 8:00
바나나
두유

수지 씨. 싸온 밥을 반이나 남겼네?

배 안 고파?

입맛이 없어서요. 헤헤….

수지는 이런 식으로 찬희 몰래 먹는 양을 줄여가기 시작했다.

다시!!!

아직 1세트 남았잖아!!!

헉헉…. 너무 힘들어요….

털썩

못하겠어요.

….

너… 밥은 제대로 먹고 다니는 거야?

왜, 왜요?

아니, 얼굴빛도 별로 안 좋고.

운동을 꾸준히 하는데도 근력 운동 능력이 오히려 퇴보되고 있잖아.

며칠 전만 해도 데드리프트 12회씩 잘만 하더니 왜 오늘은 5회밖에 못하는 거야.

데드리프트

앞   뒤

전신의 근육을 골고루 발달시켜주는 운동.

숨을 들이마쉰 후 참는다.

복부 근육에 힘을 주며 바벨을 들어 올린다.

등이 구부러지지 않도록 주의한다.

후

바벨을 완전히 들어 올린 후 숨을 내쉰다.

벤치 프레스, 스쿼트와 더불어 대표적인 3대 근력 운동 중 하나.

어차피 글만으로 배우기 어려운 운동이라 최대한 간단하게 적었습니다.

다른 운동은 몰라도 이것만큼은 꼭 전문 트레이너에게 제대로 배우세요.

그게…. 몸이 좀 안 좋아서…….
오늘은 좀 쉬고 싶은데…….

….

그날….
뭐 그런 건가?
당분간은
닦달하지
않는 게
나으려나.

알았어.
오늘은 가볍게
조금만 더
걷고 쉬어.
저녁은 집에
가서 먹자.

머, 먹고
왔어요!

약속이
있어서….

밖에서….
다른 분이
사 줬어요.

그래?

폭식은
안 했으니까
….

찬희는 그냥
넘어가기로 했다.

하지만, 식단일기는
어떻게 써야 할까.

안 먹은 걸
적을 수는
없어…

굶었다고 하면
화낼 테고….

아~~
어떡하지…!

그냥 비워놓고
깜빡했다고
해야겠다…….

73.1

우와…!

역시 먹는 걸
줄이니까
하루 만에
앞자리가
7이 됐잖아?

과정이야
어쨌든 기뻤다.

수지는 그렇게 찬희 몰래 섭취 칼로리를 줄였다.

배가 심하게 고팠지만 참았고 대충 작성하는 식단일기는 엉망이 되어갔다.

운동도 제대로 할 수가 없었다.

허억 허억 허억 허억

힘들어…!

쉬고 싶어…! 다리 아파…!

너무 힘들어요…!

…죄송해요…. 못하겠어요….

털썩

쉴래요.

쉬고 싶어요….

……

휘잉

단백질이 안 와….

정말 지독한 태풍이었어….

근육님들! 너무 상심 마세요!

제가 또 어떻게든 해보겠습니다.

자재와 인력을 구해올게요.

조금만 기다려 주세요!

빨리 와~!

그것이 단백질의 마지막 뒷모습이었다.

이대로 마냥 단백질이 돌아오기만 기다릴 수도 없고….

나라도 찾으러 가봐야겠구나.

너무 걱정 하지 말렴.

그 후로도 몇 번의 태풍이 지나가는 동안

아빠에게선 소식이 없다.

이럴 바엔 차라리 옛날로 돌아가고 싶어…!

두두두두···

!!

단백질?

아빠??

아니다····.

수분 녀석들이다.

뭐야. 아직도 그대로네.

인구도 엄청 줄었네.

재미없다.

근육 마을은 단백질 없인 아무것도 안 되나?

혼자서 뭐하고 놀아요?

도와주고 싶어도 뭐부터 해야 할지····.

와····. 이런 데서도 살 수 있구나.

그냥 트위터에 올리자.

멸망.JPG

이 녀석들은 도움이 안 된다.

우리는요~

좀 거들어 줄 순 있는데~

완전 도와주는 건 좀······.

힘들거든요~ 힘이 없어성~

야!

비켜, 비켜.

척

척

척

척

우리도 너희의 요즘 꼬락서니를 봐서는 이렇게 하고 싶지 않지만. 수지의 먹는 양이 너무 줄어들어서 오늘부로 비상계엄이 선포됐다.

네놈들이 지방 대신 일을 해줘야겠어.

얘들아. 잡아라!!

두두두두두

너무 지독하잖아!!

질질질

이렇게 힘든데 또 일손을 잡아 가겠다니!

끄아악~!

걘 그냥 놔둬. 아직 어린애잖나.

이 정도면 됐어.

원망하려면 굵고 운동하는 수지를 탓해!

우르르

불행은 이뿐만이 아니었다.

으..

으으

으으으….

크어어어….

탈영병들이다…!

곧 떠오를 것을 아는 지방……

살려 줘어어어어.

그들이 마지막으로 할 수 있는 일이라고는….

같이…. 같이….

같이….

대장님이 꽉 붙잡으랬어어어….

한 명이라도 많은 근육을 길동무로 데려가는 것이다.

부우웅

영양이 부족한 상태에서 운동하는 것.

그것은 차라리 운동을 하지 않으니만 못했다.

아빠….

단백질아…!

제발 빨리 돌아와 줘….

그렇게 며칠이
지났다.

오늘 식단일기엔
뭐라고 쓰지….

다녀왔습니다.

식단일기를 쓰는
본래 목적마저 상실.

쿠

헉!

요오

오늘은
운동 쉬자.

와서
앉아.

….

요즘 운동도
힘들어하고
….

잘 먹는 것도
중요하니까
….

어떡하지?

저걸 다 먹으면
다시 80kg이
되어버릴 텐데….

아…….
왜 안 하던
짓을 해놨대
…!

자. 먹자.

어떡하지….
어떡하지…!

저는 아직
….
점심이….
소화가….

끄르륵

….

…야, 너….

앗….
소화가 됐나 봐요!
잘 먹겠습니다!

긴장감이
맴도는 식탁.

죄송해요….
그만 먹을게요….
입맛이 없어요….

그래.

깨작

깨작 달각

달각

살이 찐다
….

살이 쪄버릴
거야….
무서워….

너 진짜
짜증 난다.

!!!

쫄쫄 굶어서 앞자리 7을 보니까 이제 행복해?

알… 고 있었어요 …?

너 살은 왜 빼냐?

식단일기는 뭐하러 쓰는데?

다 집어치워.

내가 바보인 줄 알아?

탄수화물도 거의 먹질 않으니 운동 능력이 떨어지는 게 당연하지.

그런 게 아니라….

시끄러워. 이유도 듣고 싶지 않아.

열심히 하는데도 초반만큼 크게 변화가 없으니까 초조하고 의욕이 떨어지는 거 이해해 보려고 했어.

그런데 넌, 지금 날 무시하고 그냥 네가 옳다는 방법대로 하고 싶은 것뿐이잖아?

….

네가 지금 네 몸에 무슨 짓을 하고 있는지 알긴 아냐?

부장님은 잘 빠지시는데 …

……

저는 계속 제자리라서 …….

네가 옳다고 생각하면 그렇게 해라. 그리고 후회하라고.

차려놓은 건 처먹든지 버리든지 마음대로 하고.

넌 아마 평생 변하지 못할 테니까.

내가 도대체 여기 왜 있는지를 모르겠군.

내가 줬던 신상정보도 다 내놔.

그게….

그게….

그게 아니에요! 선생님을 무시한 게 아니란 말예요!

단지…! 이렇게 계속 운동하는데 변화가 없으니까…!

조금 더 빨리 효과를 보고 싶었던 것 뿐이라고요!

쾅

젠장!!

그놈의 빨리빨리!!

....

그렁

그렁

한편....

부장은
7kg을
감량했지만

잦은 울렁거림과
메스꺼운 증상을
겪고 있었다.

우우욱!

우웩!

이상하다....
왜....
왜....

머리도
아파....

너무
힘들어....

아무래도
안 되겠어....

병원으로....
병원으로
가 주십시오....

허억
허억

선생님…!

핸드폰도
놓고 갔어….

나는 정말
멍청해….

‘어떡하지’라니…?

수지는 잠시 고민하다가
헬스장 가방을 싼다.

찌익

어쩌면 선생님이
헬스장에서 기다리고
있을지도 몰라!

이제 와서
집에 멍하니
있어봤자
아무 소용이
없다.

오늘은 식사를
충분히 했으니
운동할 수 있어.

정신 차리고
다시 시작하면
된다…!

마냥 선생님이
다시 오길
바라면서 넋 놓고
있을 수는
없어!

식이도,
식단일기도,
운동도….
다시 하면
되는 거야…!

지금은 내가
할 수 있는 걸
해야만 해….

두리번 두리번

오늘은 혼자
오셨네요?

네?
네….

여긴
안 왔다는
거네….

다른 곳도 찾아볼까…?

아니야…. 선생님 성격 상…. 내가 억지로 찾아내도 기뻐하지 않을 거야.

내가 얼른 정신을 차리고 예전 패턴을 찾는 게 중요해….

항상 그냥 선생님이 짜 주는 대로만 운동하고 움직였다….

내가 스스로 알아볼 생각은 안 했어…!

생각해보자. 오늘 운동은 뭘 해야 할 것인가…!

그저께는 복부….

어제는 하체 운동과 복부.

그럼 오늘은 상체 운동을 하자.

워밍업은 10분만!

큰 근육에서 작은 근육 순서로 운동하면 돼…!

작은 근육운동 먼저 하면 근육이 쉽게 지쳐버려서 큰 근육운동이 힘들어져.

그래서 큰 근육부터 시작하는 거야.

선생님이 없어도
그렇게 하면 된다…!

어제는 12회씩
3세트….

후우-

후우-

오늘은
13회씩
해 볼까?

여자는
중량보다는
횟수를
늘리는 게
좋아.

그렇다고 해서
무게를 늘리지
말라는 건 아니야.
너무 가벼운 건
운동이 안 되니까.

그럼 적절한 무게는
어느 정도 인가요?

그건 사람마다
달라.

해보면서
네가
맞춰가야지.

5회째.

으….
이게 제법
무겁네요.

8회째.

힘드네요.

12회째.

크악!
더 이상은
…!

1세트 끝!
좋아!
딱 그 정도가
좋은 거야.

후아…!

데굴 데굴

제대로 된 1세트…!

운동 시간 보다는 집중력!!

하아….

냉큼 주저 앉지마!

쉬어도 일어서서 쉬라고.

뻥

벌떡

서서 쉬자!

1세트가 끝나면 40초~1분 정도 쉬어주고 하면 돼.

채칵 채칵

40초….

2세트 시작!

후우!

OFFICE

오늘부터는 무슨 운동을 했는지도 적어두는 게 좋겠다…!

끼이…

…계속 숨어 있을 거냐?

쿵

네.
수지한텐
말하지 마세요.

쟤 좀 혼나야
되거든요.

며칠간은
관장님 집
신세 좀
질게요.

숙식비는
하루에 만 원.

아, 좀!
돈에
환장을
했나.

…그런데
수지씨도
대단하군.

계속 잡아주던 사람이 없어지면 운동도 놔 버리기 쉬운데.

곧바로 헬스장에 나와서 운동을 하다니….

서찬희.

보기보다 꽤 수지 씨에게 신뢰를 받는 트레이너가 된 것 같구나.

당분간은 내가 신수지 씨 자세 같은 걸 봐주마.

수지는 처음으로 혼자서 상체 근력운동과 복부 운동, 러닝머신 30분을 하고 집에 돌아왔다.

내일은 걷기 좋겠다.

뭔가 사고가 난 건 아니겠지….

어디로 간 걸까….

돌아오면….

정말 미안하다고 해야지….

미안해요….

몸은 좀 어때요?

검사 결과가 나왔습니다.

최근에 극단적인 다이어트를 하셨나요?

그게….
다이어트를 좀 하긴 했는데….

그래도 물도 많이 마셨고.

배고프게 먹지도 않았어요. 몸에 좋은 것만 먹었는데….

체중도 잘 빠지고 있었는데….

갑자기 왜 이러는 겁니까?

원인이 뭐죠?

저나트륨 혈증입니다.

네…?? 그게 뭔데요?

혈액 속 나트륨 농도가 급격히 떨어져 건강에 이상이 생기는 겁니다.

쉽게 말하자면 물을 지나치게 많이 드셨거나, 소금을 너무 안 드셨거나….

부장은 후자였다.

계속 이렇게 다이어트 하다간 죽을 수도 있어요.

예에? 하지만, 소금은 몸에 안 좋은 거 아닙니까?!

부장은 원래 짜게 먹는 걸 좋아했다.

기사식당

부장님. 소금 너무 많이 넣는 거 아니에요?

무슨 소리야! 한국인은 얼큰하게 먹어야 속이 든든하다고

쭉 쭉 쭉

와그작 와그작 와그작

김 부장은 진짜로 짜게 먹는다니까!

이대로 가면 위궤양 따윈 일도 아니겠어!

나트륨.

만날 속 따갑다면서 고칠 생각을 안 해~

부장 나라.

소금 나이트

어휴. 젊은 놈들이 땀흘려 일할 생각은 안 하고.

여자 꾀는 데만 혈안이 돼서….

저런 놈 때문에 성실한 녀석들까지 같이 욕을 먹는다니까.

아! 꼰대들! 시끄러워요. 좀!! 아가씨들 곧 오는데!

방해하고 있어.

크악…짜! 어~ 시원하다!

물을 많이 마셔서 속에서 중화시키니 괜찮겠지!

어이. 커피 마실 사람?

Coffee

수분이 온다!

어쩐지…

느낌이 그다지….

이봐! 아가씨들!!

같이 놀자!

놀다가요 놀다가

왼빈

기다렸다고. !!!

보, 보내 주세요….

이히히. 못 가!

역시 나트륨의 수분 꼬시는 능력은 천부적 이란 말이야.

소금을 많이 섭취할 경우 우리 몸은 물을 많이 남게 해 희석시키려고 한다.

에이, 가지 말라니까~.

왜 점점 살이 찌는 것 같지?

결국, 몸이 계속 부어 있는 상태가 되는 것이다.

꺄아아아.

거울

물론 소금 자체는 몸에 꼭 필요하다.

단지 너무 많이 먹다보니 문제가 될 뿐이다.

밖에서 외식을 자주 하는 경우 대체적으로 음식을 짜게 먹게 된다.

그래…. 운동은 둘째 치고,

내가 살을 못 빼는 건 짜게 먹기 때문이다….

싱겁게 도시락을 싸 다니자!

거기서 멈췄어야 했다.

저염식 ….

이게 가장 최선의 방법인가.

아니, 아니야. 아예 통 크게 소금 자체를 끊어 버리자. 짠 건 무조건 안 좋으니까!

그리고 또, 또 다른 방법은 없나?

검색! 검색!!

안전하게 빨리 빼는 방법!

탄수화물을 줄여야 살이 빠진다고? 정말?

최대한 단백질만 먹자. 닭가슴살 50팩 시켜야징.

앞으로 빵은 절대 못 먹겠군…. 밥도 많이 먹으면 안 되겠네.

부장이 선택한 건 완전한 무염식과 저 탄수화물 식단.

처음엔 아주 기막힌 방법이라 생각했지만….

먹을수록 몰려오는 깊은 빡침.

크윽… 큭… 제기랄…

그래도 살이 잘 빠지고 있으니까….

으흐흐….

소금을 안 먹으면 수분이 빠진다.

오늘은 붙잡는 애들이 없네.

쾌적해~

그뿐이다.

자, 보시죠. 이 물에 젖은 스펀지가 보통 사람의 몸이에요.

근데 지금 환자께선….

이런 겁니다.

쫙

당장은 살이 빠진 듯 보이지만 이게 끝이죠.

이런 상태의 몸을 지속하는 게 무슨 의미가 있죠?

소금을 섭취하는 순간부터 다시 쫙쫙 돌아올 텐데.

거기다 탄수화물도 안 먹고…. 다이어트 하다가 돌아가실 일 있어요?

….

일주일 뒤 부장은 원래 몸무게로 돌아왔다.

그동안 난 뭘 한 거지
….

게다가 그 위험한 다이어트를….

수지 씨에게 알려주려고까지 했어.

부장은 우리 몸이 아기 방의 모빌과 같다고 생각했다.

….

이거 너무 큰데?

가볍게 만들려면 균형을 맞춰가며 조금씩 빼야 한다.

귀찮다고 한 번에 크게 떼어내 버리면.

한쪽으로 기울어 버린다…!

!!!

흔들 흔들

그렇게 위험한 상태가 되고….

건강만 잃게 되는 거야….

부장은 오랜만에 헬스장에 갔다.

….

수지 씨. 언제나 정말 열심히 하네.

엇?

아직 한 달이 안 지났는데…. 오랜만이시군요.

살은 역시나 전혀 빠지지 않았군….

네….

으흠….

저기….

그동안 죄송했습니다.

이제부터는 말썽부리고 고집 피우지 않을 테니….

저도 바르게 운동할 수 있도록 도와주세요.

부탁 드립니다.

그러지요.

대인배 네온비.

한편, 수지는 이날 샤워 후

이라는 체중을 볼 수 있었다.

며칠 굶었다가 호되게 혼난 이후 곧바로 예전 식단으로 돌아왔고.

꾸준한 운동과 출퇴근 걷기가 가져다 준 값진 결과였다.

조금 흔들렸다고 징징대지 마!

다시 정신 차리면 되는 거야!

선생님이 있었다면…. 칭찬해 줬을 텐데….

이대로 영영 돌아오지 않는 걸까.

그럴 리가 있나.

큰 헬스장

이제 좀 가라, 가!!

더러운 침낭 진짜!!

크악!

5. 다이어트에 효과적인 운동은 걷기?

걷기는 좋은 운동이지만, 명백한 한계가 있습니다.

장년층은 부상 위험이나 운동 능력의 저하 등으로 중강도의 걷기가 가장 적합한 운동이라는 연구 결과가 있습니다. 그러나 10대 후반부터 40대 초반까지의 건강한 사람이라면 다소 강한 운동이 필요합니다. 운동을 전혀 안 하기보다는 걷기 운동이라도 하는 편이 낫지만, 조깅이나 더 강도가 센 유산소 운동에 비해 열량 소모가 낮습니다. 특히 심폐지구력 향상이 저조합니다.

팔 근육이 크려면 무거운 아령을 들어야 하듯이, 숨을 헉헉 쉬고 심장이 펑펑 뛰어야 심폐지구력이 향상됩니다. 걷기만으로는 숨이 차고 심장이 뛰도록 하기 어렵습니다. 또한 효율도 문제입니다. 빠르게 걷기와 조깅을 비교하면, 걷는 30분에 100~130kcal, 달리기는 30분에 200~260kcal가 소모됩니다. 게다가 달리기의 경우는 심폐지구력도 향상시킵니다. 똑같은 시간 유산소 운동을 했는데, 걷기는 절반밖에 효과가 없고, 심폐지구력 역시 향상이 안 된다면 당연히 달리기를 선택해야 하는 겁니다.

하지만 달리기가 무조건 좋지만은 않습니다. 달리기는 걷기보다 관절에 3배의 부담이 가며, 몸무게가 무거워질수록 부상의 위험도 기하급수적으로 증가합니다. (그러나 3배의 부담도 신체는 충분히 부담할 수 있습니다. 몸은 아주 튼튼하게 만들어졌습니다.) 따라서 운동에 익숙해지고 초기 감량이 이루어지기 전까지는 실내 자전거나 수영같이 관절에 부담이 덜 가는 운동을 선택하세요. 다만, 실내 자전거는 초보자는 충분한 부하가 가해질 만큼 속도를 내기 어려울 수 있습니다. 〈다이어터〉 1권에서 힘든 자전거 운동을 강조하는 이유가 그 때문입니다.

*참고_유산소 운동의 시간당 소모 열량

	빠르게 걷기	달리기	실내 자전거(빠르게)	수영
여성(55kg)	231kcal	462kcal	318kcal	462kcal
남성(72kg)	302kcal	605kcal	416kcal	605kcal

삐이이

내일 먹을 현미밥이랑….

바나나….
두유….

선생님이 돌아왔을 때 부끄럽지 않도록 스스로 잘 챙겨먹자…!

방금 다 됐어요! 딱 좋네요.

폐허가 된 근육 마을에도 조금씩 생기가 돌기 시작했다.

아직 멀었어?

후루룩

배고파~

빨리 먹고 싶다.

자, 한 분씩 오세요~

항상 고생이구만.

맛있겠다.

쩝쩝.

많이 드세요~

고, 고맙소….

아….

아버지…?

….

마을이 완전 폐허가
되어 버리니까
우리 집을 찾을 수가
없었어…!

한참을 널 찾아
헤맸다.

아버지…!

크흐흑.

흑흑.

푸파
파파

뭐야?

펄럭

펄럭

펄럭

태풍이 또
오는 건가?

아, 아냐….

헬기다!

홍

홍

홍

헬기가
왔어!

홍

홍

소문은 삽시간에 퍼졌다.

HIT 갤러리

이름	물
제목	단백질 찍어온 게 자랑

전체댓글수 102 ｜욕설이나 비방 댓글은 누군가에게 큰 상처로 남을 수 있습니다.

H2O	취업하게 해주세요.
liquid	아싸 힛켤 50위권!
water	요즘 순위권 자주 먹네
123	중장비 간지 폭풍이네요.

지방 대장 성

대……. 대장님…!
피하셔야 합니다.

마침내
근육들이
봉기했습니다
….

허억

허억

지방군들은….
너무 작아져서
상대가 안 됩니다….

더는 버틸 수가
없습니다….

이, 이게
무슨 소리야…!

지금이라도
빨리….
대피를….

셀룰라이트!

풀썩

이봐!!
정신 차려!

일어나라고!!

아아
아아

지방 대장!!
물러가라!!

빼꼼…

물러가라!!
물러가라!!

바로
저 놈이야!

지방 대장이다!
대장이 나왔어!

빨리 끌어내라!
끌어내!

우오오오

근육왕 님!!

근육왕 님!!

근육왕 님!!

아아아!!

셀룰라이트!

셀룰라이트는 어디 있나!!

무슨 일이십니까, 대장님!!

...

...

악몽을 꾸었어….

요즘 이것저것 신경 쓰실 일이 많아서 그러셨을 겁니다. 너무 걱정하지 마세요. 대장님은 언제나 수지 나라에선 최고 아니십니까?

그래…. 그렇지.

근육이 갑자기 늘어날 리도 없고.

아직까진 괜찮아…. 난 최고야…. 최고라고….

너도 그렇게 생각하는 거지?

지방 대장은 요즘, 자기 자리를 언제라도 빼앗길지 모른다는 초조한 마음을 갖고 있었다. 지방 키우기에 주력하는 것도 이런 이유가 컸던 것이다.

괜한 걱정이십니다. 수지가 절식하고 운동하는 동안 근육들은 오히려 더욱 피폐해져서 거지가 됐어요. 보셨잖습니까?

그래, 맞아! 크흐흐흐.

이 우매하고 가난한 근육 놈들!!

거지꼴을 다시 보면 기분이 좋아질 것 같군.

짝

짜 잔

엇?!

아니?!!

이, 이게 어떻게 된 일이야?

큭…. 수지가 다시 정신 차리고 제대로 먹기 시작했나 봅니다.

대장님…?

괜찮아…. 아직은 걱정할 필요 없어.

신수지는 그렇게 의지가 강한 놈이 아니야….

97

아아···.
아닐 거야···.

아니라고
말해줘!

아니겠지?
아니어야만 해!

아닙니다.

걱정 마세요.

벌써
겁먹으실 필요
없습니다.

몇십 년 동안
이곳에 눌러앉은
지방들이···.

그리 순순히 이 나라를
포기할 것 같습니까?

조금
타격을 입은 건
사실이지만.

우리는 언제든
예전으로 다시 돌아갈
준비가 되어 있습니다.

신수지가 방심하고
나태해지는 틈···!
그 틈을 놓치지
않으면 됩니다.

아니···!
놓치지 말아야
합니다!

담당자
불러와!

손님….
그 이자는
한 달 후에
찾으셔야
드릴 수 있는
거예요.
지금은
적용이….

아니, 내 돈
내가 찾겠다는데!
몇 년을 넣었는데!

하지만,
가입 약관을
보면….

됐고!

여기 담당
불러와.

완전
진상이다….

아가씨
진짜
왜 이렇게
융통성이
없어?

어휴….

덩치가
그러니까
일 처리도
답답한 거야!

….

허겁

지겁

제가 담당입니다.
일단 죄송합니다.
고객님.

저랑
이야기하시죠.
이쪽으로….

굽신

굽신

수지 씨….

내 돈
줘요!

내 돈

덩치가 그러니까 일 처리도 답답한 거야.

15kg 가까이 뺐는데도 그런 말을 들었다.

이렇게 노력하고 있는데…!

일 처리와 내 몸은 상관없잖아….

왜 그런 말을 하는 건가요…?

왜 뚱뚱하면 그런 얘기를 아무렇지도 않게 동료 앞에서 들어야 하나요…?

좋~아! 괜찮아!

신수지! 힘내자!

여기 비빔밥 세 개요!

수지 씨. 아깐 괜찮아?

응. 괜찮아요.

예.

진짜 말 막 하더라~.

그런 사람들은 평생 그렇게 산다니까.

아 참.
현미밥
싸왔지.

밥은
빼달라고
하자.

저기요.
저는….

!

응.
아가씨는
곱빼기로
줘요?

아….
아뇨….
밥은
빼주세요.

현미밥
싸와서
….

나 이 집
처음인데…?

곱빼기는
왜 물어보는
거지?

호호

하하하

나 너무
예민한가?

….

곱빼기로 줄까?

아줌마 나름의 친절과 배려였을 것이다.

내 덩치 때문에….

내가 많이 먹을 것 같으니까….

하지만….

백반집

오늘은 백반이 당기는군요.

그렇군요.

주문하신 백반 2인분입니다.

아. 잠깐만요.

어?

무, 무슨 짓이에요!

이렇게 먹어야 공평하지요.

하 하 하 하

지친다….

신나게
맛있는 것 먹고
…

밀린 드라마 보면서
기분 전환하고 싶어.

하지만, 이럴 때일수록
정신 차려야 한다.

선생님도 없는데
혼자서
잘 해내야 해….

자칫하다간
폭식할 수도 있어.

그런데 정말
운동은 가고
싶지 않아.

도저히 운동할
기분이 아니야….

…일단 밥부터 먹으면서
생각해 보자.

단지 배가 고파서
힘이 안 나는 걸지도
모르니까….

채소

과일

두부

달깍 달깍
달깍

지겨워….

도대체 언제까지 이런 생활을 지속해야 하는 걸까.

오늘은 운동 쉬자. 쉬고 싶어.

어제 열심히 했으니까 오늘은 쉴래....

이 날 수지는 오랜만에 머리를 비우고 푹 쉬었다.

시간이 지날수록 우울했던 마음도 많이 진정되어 갔다.

운동 안 가고 쉬니까 정말 좋다.

이렇게 여유가 생기네.

오늘은 쉬길 정말 잘했어.

하지만...

오늘까지만 이렇게 쉬고...

내일부터 다시 열심히 하자!

<내일부터>라는 말은 그 말처럼 만만하지가 않은 것이다.

그리 상쾌하지 않은 아침이 시작됐다.

……

굿모닝♪ 밥빠빠 빠빠 빠빠 빠빠

비가 오니까 회사까지 걸어가긴 힘들겠군.

지하철을 타야겠어.

대신 오늘 저녁엔 꼭 헬스장 가자. 어제 푹 쉬었으니까!

팡

아자!

하지만

그 결심은

조금씩 흐려져간다.

으…. 운동가야 하는데….

비가 그치질 않네….

나가기 싫어….

싸아아아

으으….

꿈지럭

꿈지럭

파전…. 해물 넣은 파전….

먹고 싶다….

먹을까…!

두부구이와 탄산수로 타협.

얌 얌 얌

이것만 먹고 운동가자….

이것만 보고 배가 꺼지면 운동가자….

하 하 하

주룩 주룩 주룩 주룩 톡 톡 톡 쏴아아아ㅡ

빗소리 기분 좋다….

오늘까지만 쉴까….

…비도 오는데 그냥 집에 있자.

이틀 정도는 푹 쉬어도 돼.

내일은 꼭 가자…!

하지만

오늘은 꼭 가자!

회사 갔다 와서 꼭 가자!

내일이라고 달라지는 건 없다.

꼭…

꼭…

꼭…

아… 왜 이렇게 나가기가 싫지??

오늘은 꼭!!! 가야 되는데…!!

으으으으

가기로 했는데…!

가기 싫어…. 쉬고 싶어…. 피곤해….

몸이 천근만근이야…!

너 바보냐? 돈 냈잖아?

헬스장이 코 앞인데 안 간다구?

철썩

철썩

철썩

아…

너 부자냐?

하지만…. 난 알고 있다.

꾸물 꾸물

이렇게 집에서 밍기적거려봤자 해결되는 일이 아니라는 걸.

부자는 아닌데….

가기 싫어요…!

이틀 쉰 건 후회하지 않아. 선생님이 그 정도는 괜찮다고 하셨어.

하지만, 오늘까지 안 가면 삼 일째야….

…이틀 쉰 걸로는 부족했나….

그냥 오늘까지 쉬어버릴까…?

아니야! 아니야!

오늘은 나가야 해!

나에게 관대해지는 순간 다이어트는 망하는 거다!

이번 주는 아직 한 번밖에 나가지 못했다….

오늘

하지만, 오늘부터 매일 나간다면 일주일에 5일 운동할 수 있어.

좋아…! 아직 계획은 유효해. 저 시계가 7시 반이 되면 딱 준비해서 나가는 거야!

그냥 지금 일어날 생각은 안 한다.

짜째깍 짜째깍 짜째깍

짜째깍 짜째깍 ····

일주일에 4일만 나갈까….

아니, 그보다 굳이 5일에 집착할 이유가 없잖아?

정부에서도 주 3회 운동을 권장하고 있고.

오늘까지 쉬어도 4번이나 나갈 수 있잖아.

쉬자.

정말 이상한 현상이다.

사실은 수지도 알고 있다.

시간이 지날수록 다시 가기 힘들어 진다는 걸.

그러나 어찌 된 영문인지

당장 빠져나올 생각을 안 한다.

....

대장님! 대장님!

수지가 운동을 4일이나 안 갔답니다! 4일!

내일이면 5일째란 말이지요~!

오옷? 이거 이거 잘하면 ...? 으응?

으으응? 예전처럼 될 수 있겠어?

으응?

제가 말씀드리지 않았습니까.

인간이란 그렇게 쉽게 예전 습관을 바꿀 수가 없는 법이지요. 후후후.

펑

전등이 나갔네요.

그러게 ...?

뭐.... 별일 없으니 그냥 둘까?

그럴까요 ...?

근육은 한 번 만들면 끝이 아니다.

사용하지 않으면 조금씩 조금씩 약해진다.

😊

111

물론
하루 이틀 정도
운동 빠졌다고 해서
큰일 나진 않지만

문제는 점점
나태해지고
흐트러지는
마음가짐이다….

그렇게 5일을
내리 쉬고 있는
수지.

괴롭다.

버둥

버둥

가야
되는데
….

가야
되는데
….

가야
되는데
….

답답하다.

지금 당장에라도 운동을 가면
모두 해결될 것을…!

'운동가야
되는데….'

'많이 먹었어요.
어떡하죠?'

'운동하기
싫은데
어떡하죠?'

왜 하는 거지?
이 말을?

어떡하긴
뭘 어떡해.
많이 먹었으면
살이 찔 것이고
운동하기 싫으면
운동을 못하겠지.

그런 말은
전파 낭비처럼
그냥 말의
낭비란 말야!
전혀 할 필요가
없는 말이야.

'가야 하는데….'
이 말을 할 때
넌 이미 가는 게
맞다는 걸 알지만
가기 싫다는 거잖아.
근데 나보고 뭘
어쩌라는 거야.

어차피 운동하는 건
내가 아니라 너야!

'가야 하는데'
가 아니라
'가자!!'

'해야 하는데'
가 아니라
'하자!!'

그런 식으로
말하란 말야
이 돼지야!

선생님….

이것은 한 인간에게 있어서는 아주 작은 발걸음일 뿐이지만

수지나라에겐 거대한 도약이다.

으아아아아아아아아아아!!!

후아~.

역시 신수지네 세탁기가 최고야!

....

빨래하러 온 건가...!

이유야 어쨌든 기뻤다.

선사....

큭....

크흑....

울먹 울먹

꼬옥

?

꼭

집에서 처놀고 있으면 밥이라도 하란 말이야!

보충제 몰래 덜어 먹지 말고!

이 더러운 침낭!

좀 빨아!

이런 데서 자면 죽어! 병난다!!

냉장고 열지 마!

...!!

철썩

철썩

철썩

아....

이 자식은 안 보이면 궁금한데 있으면 왜 이리 밉상이지?!

밤에 뭘 자꾸 처먹으려고 그래!

빠져나가는 냉기만도 못한 녀석아!

복수할 거야…

복수할 거야…

….

킁킁..

?

젠장…! 관장네 집에서 옷을 빨았어야 했는데….

너무 냄새 나네. 어떡하지?

급한 대로 신수지 옷장이라도 뒤져서 뭐라도 갈아입어야겠다.

이런 모습은 쪽팔리니까….

….

….

저….

뭐야. 언제부터 있었어. 운동 갔다 온 거야?

아, 예…. 선생님. 정말 오랜만….

그동안…. 어디에서 어떻게….

헬스장엔 안 계시던데….

나를 오라고 하는 데는 널렸다고!

내가 헬스장밖에 갈 데 없는 사람인 줄 알아?

이것 봐요! 이것 봐요.

방금도 운동을 갔다 왔다고요.

그런 사람이다.

그동안 식단이랑 운동은 잘 지켰냐?

버둥 버둥

무…. 물론이죠!

사람은 역시 운동을 해야 해!

하하!

….

잘했어.

쓰담 쓰담

바람직한 샘플이야.

그런데 아까 내 얘긴 다 들었겠지?

네?

뭘 가만히 서 있어?

네?

DONUTS
DONUTS

꼬박꼬박 잘도 썼네….

작년에 받은 우수고객 증정 티셔츠.

운동 뭐 했는지도 다 적었어요. 여기.

밀린 관찰 일기 쓰려면 시간이 좀 걸리겠군….

찬희는 그동안 네온비 관장의 눈치를 보면서도 하고 싶은 건 다 하고 살았다.

개구리 발가락♪

첨벙 첨벙

이제 그만 좀 가라!

이건 또 무슨 사치야!

수지 씨 운동은 계속 나한테만 맡길 거냐!

벌컥

어련히 알아서 갈까봐… 정말…

궁시렁 궁시렁

…

성큼

성큼

!!

풍덩

뿍

쿠르르르

트레이너가 되겠다는 꿈은 역시 꿈일 뿐이었군.

그만 포기해. 넌 그정도 그릇밖에 안 되는 놈이야.

꾸룩

꾸룩!

꾸ㄹㄱㄹ

우ㄹㄹㄹ!!

찬희가 점점 나태해지는 건 사실이었다.

이제 슬슬 가려고 했어요!

아까운 물만 다 빠졌네!

신수지 씨가 5일째 운동을 안 나오고 있다.

이대로 내버려둬도 상관없어?

사기 치고 살을 빼주기로 했으면 돈을 갚든지 끝까지 약속을 지켜야지!

철썩

철썩

철썩

이 쓰레기 같은 놈아!!

화가 나서 뛰쳐나오더라도 그 뒷일에 대한 수습은 해야 할 거 아니야!

이 거품이 아까운 놈아!

아…. 귀찮은 신수지…!

하지만, 네온비 관장님 말씀이 옳아….

수지는 나한텐 없어선 안 될 녀석이지.

이런저런 불순한 이유로 다시 돌아오게 된 찬희.

저…. 선생님.

?

미안했어요…. 지난번에는.

말 안 듣고 굶어서….

그래서 그날 이후부터는 잘 챙겨 먹었어요.

가끔 어쩌다 간식 간단하게 먹긴 했지만.

선생님 없다고 폭식도 안 했고….

어…. 잘했고.

잠깐 너 일어서 봐.

예?

못 본 사이 살이 좀 빠진 것 같은데?

저…. 정말요?

이중턱이 거의 없어졌고….

전체적으로 뭔가 예전보다 작아진 느낌이 나는군.

아, 이목구비도 더 커졌네.

운동을 5일이나 쉬었는데요??

뭐라고?

아! 아니다…. 조…. 조금 쉬었어요! 조금……

그래, 그래. 다시 나갔으면 됐지.

하 하 하

같은 시각.

그럼 일주일에 두 번. 꼭 오셔야 합니다?

부장과 네온비 관장의 PT계약이 성사되었다.

네. 잘 부탁 드립니다.

관장님만 믿겠어요.

그때까지만 해도 부장은 세상을 다 가진 듯했다.

적어도 1주일에 8시간은 운동하자…!

어푸 어푸 어푸

푸락차

관장이니까 그 양아치보다 실력이 월등하겠지!

좋아…!

슥슥

난 이제부터 다시 태어나는 거야!

6. 근육 성장의 원리, 휴식의 중요성

근육이 성장하는 메커니즘에 대해서는 여러 학설이 있습니다만, 최근 널리 인정되는 설을 간략하게
정리하겠습니다. 근육은 근섬유로 이루어집니다. 가는 실과 같은 근섬유가 여러 다발이 모여 근육을
이루는 것이죠. 운동을 하면 근섬유가 일부 파괴되고, 파괴된 근섬유가 회복하면서 새살이 돋는
것처럼 근육이 성장합니다.

만약 휴식을 취하지 않고 운동을 계속할 땐 근육이 회복될 수 없습니다. 피부에 난 딱지를 자꾸
건드리고 가만 안 놔두면 상처가 도지는 것과 마찬가지입니다. 첫날은 하체, 둘째 날은 쉬고,
셋째 날은 상체, 이런 식으로 루틴을 짜는 것은 근육이 충분히 쉴 시간을 주기 위해서입니다.
특정 근육운동을 한 후 다음 운동까지는 72시간 정도 충분한 휴식을 취해주는 것이 정석입니다.
이러한 원칙은 근육운동뿐만 아니라 심폐지구력이나 기타 체력 요소들을 기르는 데에도 똑같이
적용됩니다.

그렇다고 휴식이 지나치면 근육 성장이 더뎌지며, 일주일이 넘어가면 운동 효과가 현저하게
떨어집니다. 이 점을 고려했을 때 일주일 3회의 운동 프로그램이 권장됩니다. 또한 여기서 말하는
휴식은 단지 운동을 안 하는 기간을 뜻함이 아닙니다. 하루 8시간 이상의 충분한 수면, 적절한 영양
섭취, 스트레스를 줄이는 노력이 필요합니다. 완벽히 지킬 수는 없어도 가능한 범위에서 규칙적인
생활을 하세요.

화창한
주말 아침.

쩍
쩍…
쩍

선생님이
돌아왔어…!

으으으으…

뚜둑

뚝

뭐하세요,
아침부터?

뒤적
뒤적

아니…
왜 이렇게
냉장고가 텅텅
빈 거야?

그야… 선생님이 가출
하시기 전에 사 놓았던 걸
마침 어제 다 먹었거든요.

뭐? 그동안 냉장고 안에
있는 것들만 먹은 거야?
채소는 좀 오래됐을 텐데?

토마토는 제법
오래 놔둬도 괜찮던데요….
막판엔 그것만 먹고….
그것도 다 떨어지면
생양파 까먹고….

양파가
다이어트에
좋대요.

이 자식.
비위도 좋네.

찬장 역시 텅텅 비었다.

….

어이구, 이 등신아! 장을 봐야지!

현미도 다 떨어졌잖아. 내가 어제 안 돌아왔으면 오늘부턴 뭐 먹을래?

신나게 배달음식 시켜 먹고 또 90kg 될래?

….

순정 만화 버전

아이참…. 수지 넌 정말 나 아니면 안 돼.

어쩔 수 없다니까.

오호호호.

대형마트가 코앞에 있으면서 왜 장을 안 봐! 헬스장 갔다 오면 끝이야?

이불 속에 누워서 티비만 보고 있지 말고 좀 움직여!

철썩

철썩 철썩

현실

좀 움직이란 말야!!

아….

시간이 정말 없었단 말이에요!!

전 회사 다니고 돈 벌잖아요!!!

뭐…??!!

내가 그까짓 돈…!!

…을 안 벌지. 미안….

제가 카트 끌게요.

돌 돌 돌…

카트 끄는 것도 살 빠진대요.

그러고 보니 그동안 바쁘다는 핑계로 선생님한테 전부 맡겨 두기만 했네.

미안하다….

오늘은 선생님의 장 보는 습관을 보고 배우자…!

꼭! 다이어트에 필요한 것만 사자!

다른 건 눈길도 주지 말자!

할 수 있어! 내 의지를 믿어 보는 거다!!!

저쪽에 빵이 세일이에요.

애매하게 단호한 의지.

어.

깨찰빵이 세일입니다!

맛보고 가세요~.

먹으면 혼나겠지?

100%, 100% 혼나겠지…??

와. 맛있다~.

얌냠

?!

너무해요! 나는 못 먹는데!

먹어.

혼낼 거잖아요!

카트 끌고 돌아다니는데 뭐.

이거 한 조각 먹는다고 크게 뭐 어떻게 안돼.

참았다가 나중에 생각나고 생각나서 폭식하지 말고.

이걸로 예방하는 거야.

자

나에게 예방주사를 줬어….

상냥해….

냠 냠 냠 냠

물론 예방주사니까 과하게 맞으면 안 된다.

이제 무슨 맛인지 알았으니 안 먹어도 돼요~.

채소

봐, 이 양상추들이 다 똑같아 보여도 무게가 달라.

흔들 흔들

그러네요….

같은 가격이면 무거운 걸로 고르도록 해.

양배추는 한 통짜리로 살까요?

삶으면 금방 먹잖아요. 양배추 쌈 먹고 싶어요.

한 통 다 먹으려면 오래 걸릴 텐데….

뭐, 그럼 그렇게 하자.

어차피 니 돈이니까.

두리번

두리번

토마토와 치커리도 사야겠군.

토마토

토마토

4,900 토마토

세일 코너의 떨이 채소는 다 나갔네.

고구마는 슬슬 질릴 테니 단호박을 먹자.

자, 카트에 담아.

픽

뭐야…! 신수지 어디 갔어!

선생님!

헤헤.

저건 다 뭐냐….

장 빨리 보려고….
저쪽 코너에서 다이어트에
좋은 것들만 골라 왔어요.

근데 이
깨진 호박은
뭐예요?

네?

응.
니가 물어낼
거야.

어디 보자….

현미 쌀….

생수….
바나나….

저지방
우유.

곤약 국수
…?

무슨 맛일지
너무 궁금
해서….

근데 이것들은
뭐하러 산 거야?
이 밑에 거.

카푸치노 두 개는
왜 샀어?

선생님이랑
같이 먹으려고

나랑 먹으려고
샀다는 개드립은
하지 마라.

….

야근할 때
잠 오면
마실 수도
있잖아요.

그럼 꼭
마셔야 할 때
그때 사 먹어.

그때 사러
나가는 게
귀찮으면
그건 니가
먹을 게
아닌 거야.

니가 앞으로 군것질할 걸 지레짐작해서 사지 말란 말이야.

당장 먹을 거, 필요한 것만 사라구.

하지만 1+1인데….

바보야 1+1은 한 개 공짜가 아니야.

니가 별로 필요 없는 거 두 개를 사는 거야. 이거 안 먹으면 죽어?

힝.

잔소리!

하지만 이건 다이어트용 시리얼인데요.

탤런트 고미인이 선전하는 거예요.

살 빠지는 물은 감량전쟁에서 출연자들이 마셨던 거고 ….

그 사람들이 이거 먹고 살 뺐을까?

그 사람들이 광고주에게 "이거 먹어보고 진짜 살이 빠지나 안 빠지나 확인해본 다음 광고 찍을게요" 라고 했을까?

니가 지금 손에 들고 있는 건 그냥 과자야, 과자!

그냥 과자도 한 끼에 그만큼씩 먹으면 살 빠진다.

….

1회 제공량 30g.

다이어트는 정말 마법의 주문 같군.

식품 앞에 붙어 있으면 홀린 듯이 사니까 말이야.

찬희는 깨진 호박도 다이어트를 붙이면 잘 팔릴 것 같다고 생각했다.

나처럼요?

그래.

건강식품들로
채워져 가는
수지의 카트.

10분 만에
장보기가
끝났다.

적립 카드
있으세요?

네.
여기….

!

음료

와, 싸당~
사야지.

아, 좀
하지마!
하지마!
하지마!

철썩

철썩

철썩

흐어엉!
이거
비타민이
들었대요.

이 호구
소비자
같은 놈아!

비겁하게
비타민 타령
하지마.

그리고 집에 아직
비타민제도
남아 있잖아?

예….

아무 생각 없이
카트에 넣지 마.
니 입이라도
그럴 거야?

콱
콱
콱

제기랄!
못 사는 게
왜 이렇게
많아요!

그러니까
필요없는 건
쳐다보지도 마.

의지력은
여기저기
시험하는 게
아니야.

갖고만
있는 거지.

HomeMart

맛있는 걸 잔뜩 구경만 하고 나온 수지는 화가 났다.

에잇!

마트 엄청 크면서 못 사는 것들만 잔뜩 팔고 있어!

에잇!

에잇!

나한테 화를 못내니 마트한테 그러지 마라.

뚱뚱한 수지야.

코윽...

자, 넌 그거나 들고 따라와.

어…. 선생님께 훨씬 큰데….

영차.

게다가 두 개나….

저…. 성질 내서 미안해요.

큰 거 하나 주세요. 같이 들든가….

됐어, 이 자식! 허세 부리지 마! 내가 이 정도도 못 들까봐!

자기는 큰 걸 두 개나 들면서 나에겐 작은 봉지를 줬어….

상냥해.

7. 영양보조제에 대해서

실제 있었던 일입니다. 웹툰 작가 A씨는 매일 마감에 쫓기지만, 운동도 열심히 하고 건강 관리도 잘하는 사람입니다. 어느 날 일을 하던 중, 잠깐 졸린 것처럼 머리가 띵한 기분을 느꼈다고 합니다. 처음에는 과로 때문이라고 생각했지만, 며칠이 지나도 증상이 사라지지 않더랍니다. A씨는 걱정되는 마음에 병원에 가서 피검사를 했습니다.

결과는 비타민D 결핍으로 인한 어지러움이었습니다. 의사는 직업상 햇볕을 쬐지 않아 나타난 것으로 보인다며, 비타민D를 처방해주었다고 합니다. 즉시 비타민D를 먹고 산책을 통해 의식적으로 햇볕을 쬐니 증상이 사라졌습니다.

이 일화의 교훈은 비슷한 증상을 겪고 있다면 건강한 사람도 먼저 병원에 가야 한다는 것입니다. 결핍된 성분이 있다면 처방을 받고, 없다면 아무것도 먹지 않아도 됩니다. 심지어 A씨가 먹은 비타민D는 처방약으로 보험이 적용되어 매우 저렴합니다.

검증된 기관을 통해 유통되기 때문에 건강보조영양제보다 질도 높습니다. 몸에 무슨 문제가 있는지 알지 못한 채 아무 영양제나 먹는 것이 올바른 일이 아니란 이야기를 하고 싶습니다.

대부분의 의사나 의학 저널의 연구자들은 영양보조제의 효과를 부정합니다. 심지어 영양보조제를 잘 챙겨 먹는 사람도 영양보조제의 효과가 미미하다는 이야기를 한 번 정도는 들었을 것입니다. 그럼에도 건강염려증 때문에 챙겨 먹는 것이지요.

한동안 영양보조제로 각광받았던 크릴 오일이 건강에 효과가 좋은지에 대해 논란이 많습니다. 크릴 오일 사태를 통해 알 수 있는 중요한 진실은 업체가 부풀려 놓은 과장 광고, 특히 온라인을 통해 쉽게 볼 수 있는 광고에 현혹되지 말자는 것입니다.

크릴 오일의 높은 가격에도 불구하고 인기였던 이유는 오메가3와 효능이 같은 성분인데, 더 효과가 좋고 안전하다고 알려졌기 때문입니다. 하지만 크릴 오일이 건강에 좋다는 확실한 증거는 아직까진 없다고 합니다.

새우와 비슷한 생물인 크릴은 바다 생명체들의 주요 먹이입니다. 그런데 크릴 오일이 유행하면서 남획이 이루어지고, 바다 생명체들이 굶주리는 현상이 이뤄지고 있다고 하지요. 이득이 없는 상품을 만들기 위해 이런 기묘한 일이 벌어지고 있는 셈입니다.

한 통계에 따르면 대부분의 한국 남성은 40대에 들어서면 신장결석이 급증하는 현상이 일어난다고 합니다. 우습게도 비타민 영양제 과용이 결석 형성의 원인이고요. 내 돈 들여 영양제를 사 먹고 병에 걸릴 필요는 없습니다.

영양보조제 복용을 고려하고 있다거나, 컨디션이 예전 같지 않다고 여겨진다면 먼저 병원에 가시기 바랍니다. 피검사를 통해 영양 부족은 물론 수십 가지 질병 여부도 알 수 있습니다. 영양보조제 섭취에 대한 결정은 검사 결과에 따라 해도 늦지 않습니다.

8. 근육 운동은 어떻게 해야 효율적인가요?

유산소 운동으로 심폐지구력이 어느 정도 향상되었으면 근지구력, 근력을 향상시켜야 합니다.
여기를 담당하는 부분이 근력운동입니다. 체지방이 많은 독자라면 아직 먼 이야기이지만, 체지방이
적은 분은 이런 질문을 할 수도 있을 겁니다.

"빨래판 같은 멋진 복근**만** 갖고 싶어요."
"가슴**만** 예쁘게 하고 싶어요."

안타깝지만 이는 매우 어려운 일입니다. 불가능하진 않아도 균형 잡힌 운동을 하는 것보다
어렵습니다. 만약 특정 근육만 단련한다면 어떤 일이 일어날까요? 근육을 성장시키는 데에는 특정한
호르몬이 필요합니다. 호르몬을 생산하는 곳은 두뇌이고요. 이해가 쉽도록 근육을 '방'으로, 호르몬은
난방을 위해 필요한 '등유'라고 가정하겠습니다. 만약 '어깨 방'에 난방을 하고 싶어서 이곳만
운동했다고 합시다. '어깨 방'은 몸 전체를 놓고 보면 면적이 작아요. 그러면 두뇌는 "어깨에만 난방을
하고 싶다고? 그럼 등유 1리터를 넣어주마"라며 딱 적은 양의 호르몬만 분비합니다.

이번에는 큰 근육에 속하는 '허벅지 방'을 운동했습니다. 두뇌는 "허벅지는 면적이 크지.
등유 20리터다!" 라면서 막대한 양의 호르몬을 분비합니다. 양적으로 비교가 안 되기 때문에
'허벅지 방'이 후끈후끈하게 달궈지면 그 열기가 다른 작은 방들에도 영양을 미쳐 같이 후끈후끈
달궈지는 것입니다. 물론 운동을 안 한 '방'은 난방 밸브를 잠근 것이나 마찬가지이므로 효과가
적습니다. 이러한 원리 때문에 체계적인 운동을 해야 합니다. 큰 근육 운동에서 작은 근육 운동
순서를 해야 한다느니, 2분할이니, 3분할이니 하는 정론들이 있는 것이고요.

물론 운동 초보라면 아직은 먼 이야기이고, 무슨 말하는지 모르겠다는 분도 있을 겁니다.
그러나 운동법에 대한 앎이 늘어날수록 효율적으로 운동할 수 있습니다. 아무것도 모르고 덮어놓고
운동하다보면 거지꼴… 아니, 초보를 못 면합니다. 몸짱 아줌마나 아놀드 홍 같은 몸매를 만들려면
운동법에 대한 깊은 이해가 없이는 불가능합니다.

그 정도 목표가 아니더라도 더 효과적으로 운동할 방법이 있다면 거부할 이유가 없잖아요?
많이 알아둡시다. 더 잘 됩니다.

다이어트와 마찬가지로 근육운동에도 정체기가 있는데, 이는 근육들이 이러한 원리로 동시에
성장하기 때문입니다. 그 때문에 정체기가 오면 아직 덜 성장한 근육들을 단련하고, 운동 프로그램을
바꿔야 합니다. 그러니까 한 가지 근육에만 집착하지 말고, 순서대로 운동하시기를 바랍니다.
지름길보다 돌아가는 길이 오히려 빠르다는 점을 잊지 마세요.

9. 운동 후 대사 효과

운동 후 꽤 오랜 시간이 지나도 열이 가시지 않고, 땀이 나는 경험을 해보셨을 겁니다. 이런 현상이
일어나는 것은 계속 운동을 지속하기 위해 일종의 대기 상태에 돌입하는 것으로 추측됩니다.
이는 몇만 년 전 인간이 들판에서 사냥을 하고, 맹수들에게 쫓겨 다니는 시절에서 비롯되었을 겁니다.
몸이 원활하게 움직이려면 체온이 일정한 온도 이상이 되어야 합니다.
1초라도 더 빨리 뛰어야 위험 상황에서 벗어날 수 있습니다. 두뇌는 "또 언제 호랑이가 쫓아올지도
모르니 몸을 덥혀 놔야겠어"라는 식으로 운동을 한 후에는 신진대사를 활발하게 유지하며 체온을
높입니다. 또 근육 성장을 위해서는 추가로 필요한 열량이 커지기도 하고요.

그렇지만 이런 현상으로 늘어나는 소비 열량이 크진 않습니다. 시간당 추가되는 소비 열량이
30kcal 정도로 몇 시간 지속합니다. 그다지 많은 양이 아니죠. 하지만 〈다이어터〉 1권에서 설명한
대로 다이어트 때문에 식이 조절을 하는 사람의 기초대사량은 많이 저하됩니다. 이런 사람에게는
운동 후 대사 효과로 커지는 소비 열량이 상대적으로 크다고 합니다. 따라서 다이어터에게는 꾸준한
운동이 절대적으로 필요한 것이지요.

오늘은 부장의 첫 PT 날.

부장은 엄청난 각오로 헬스장을 향하고 있었다.

콩 콩 콩 콩

좋아…! 나도 관장처럼 멋지게 되는 거야!

어떤 가혹한 훈련도 견딜 각오가 되어 있다!

오오…

힘들겠다!

부장은 다이어트 관련 프로그램에서 혹독한 훈련을 받던 장면들을 떠올렸다.

그리고 매일, 꾸준히…. 일주일에 최소 8시간의 운동을 하는 거야.

月 火 水 木 金 土 日
PT PT
1시간 1시간 1시간 1시간 1시간 1시간 1시간
30분 30분

그렇게만 하면 몸짱이 되는 것도 시간 문제야!

아자…!

의욕 충만 100%

큰헬스장

아. 오셨군요. 시작 할까요?

네!

하지만, 부장의 기대와는 달리….

싱거운 인바디.

93kg…. 지방이 많네요.

….

열심히 하시면 됩니다.

싱거운 워밍업.

좋습니다. 집중하세요.

헉헉

….

싱거운 스트레칭과 근력운동.

꾸~욱

….

유연성이 부족하군요.

그리고 유산소….

오늘은 6.5로 30분 걷고 끝내시면 됩니다.

부장은 왠지 짜게 식는 느낌이 들었다.

저어…. 오늘은 이게 끝입니까?

네.

아니…. 생각보다 힘들지 않아서….

처음이시고 기초 체력을 기르시는 게 중요하니까요.

서서히 적응하시면서 운동에 재미를 붙이셔야 회원님 것이 됩니다.

…!

그렇군! 첫날이라 그런 거군!

역시 베테랑은 뭔가 달라!!

난 당신을 정말 신뢰합니다!

부장은 오랜만에 상쾌한 기분을 느끼며 잠자리에 들었다.

다음날.

힘세고 강한 아침!

곧 살이 빠질 거라 상상하며 행복해 하는 헛된 망상입니다. 너무 자주 나온 패턴이라 생략합니다.

숙면.

오오오! 어쩐지 상쾌해! 이것이 PT의 힘인가!

PT! 역시 PT가 최고야! 네온비 관장님. 앞으로 열심히 할게요!

그냥 잠을 잘 자서 그렇다.

랫 풀 다운

대표적인 등 운동.

상체를 약간 뒤로 젖혀서 몸을 고정한 후 등 근육을 이용하여 바를 끌어당긴다.

턱걸이를 대신할 수 있는 고마운 기구운동.

남성은 넓고 탄탄한 등을, 여성은 예쁜 뒤태를 만들 수 있다.

PT 도중에는 체중을 자주 재지 마세요.

조바심만 나니까요.

흥!

오오옷!

체중이 내려갔다!?

역시, 역시 네온비 관장 최고야!!

체중계 숫자가 줄어든 이유가 수분인지 똥인지 오차 범위인지 알 수 없었지만

부장은 PT 덕분에 살이 빠진 거라고 굳게 확신했다.

건배!

쨍

쩌-억

괜찮아! 정석으로 살을 빼고 있거든.

여기 고기 추가요!

술도요.

예, 예.

부장님 살 빼신다더니….

이렇게 많이 드셔도 괜찮나요?

요즘은 PT를 받고 있다고.

살이 빠지더란 말이야.

수지 씨도 고기 잘 먹잖아.

굶어서 빼는 건 바보짓이야. 그렇지?

웃적 웃적

네….

굶으면 안 된다고 했지,

아무도 많이 먹으라고 하지 않았다.

고기 나왔습니다.

아. 제가, 제가 구울게용!

143

운동을 아무리 열심히 해도, 결국, 식이가 뒷받침되지 않으면 다이어트는 실패하는 거야.

그러니 회식 때는 스스로 현명하게 대처해라.

싹둑
싹둑

수지 씨. 참 착해.

막내 놔두고.

취이이이

고기를 태우지 않는데 온 정신을 집중하는 거다…!

물이 떨어졌네! 갖고 올게요!

그리고 많이 움직이자!

그러고도 남는 시간에 이야기를 나누며 천천히 먹는 거야…. 분위기 깨지 않게.

아무도 내가 고기를 몇 점이나 먹는지 지켜보지 않으니까.

힐끔

힐끔

수지 씨도 잘 먹고 있군.

역시 난 틀리지 않았어….

봐도 모른다.

고깃집

휴~ 다행이다. 과식하지 않았어.

으악! 배불러 죽겠네!

소화제! 소화제!

부장님. 괜찮으세요!?

PT는 무적이 아니다.

144

끄으으….
수지 씨랑
똑같이
먹었는데
왜 나만 배가
터질 것 같지
…?

오늘은
가볍게 먹고
운동까지
갔다 오려고
했는데….

못 갔다.

주말이니
쉬고 내일부터
열심히 하자.

다음날도
못 갔다.

그렇게 PT 받는
날까지 3일을
내리 쉰 부장.

큰헬스장

괜찮아!
오늘부터
빡세게
하자!

배가 더
나온 것 같아….

으흐흑

자, 다 탔으면
여기로 오세요.

오늘은
하체 운동의 꽃
스쿼트를 배우…

자,
잠깐!

?

난 지금 다리보다도
뱃살이 급하단 말입니다.

꼭 뱃살부터
빼주시면
좋겠습니다.

복부 운동만
많이 시켜주세요.
그럼 뱃살이
잘 빠지겠죠?

출렁 출렁

…많은 분이
팔 운동 하면
팔이 가늘어지고,
복부 운동을 하면
뱃살이 빠질 거로
생각하지만

지방을 그렇게
원하는 부분부터
뺄 순 없어요.

네? 그럼 어디부터
무슨 순서로 얼마큼
빠지는 겁니까!

수치를
제공해
주세요!

현직
은행원의
사고방식.

빠지는 순서는
랜덤입니다.

145

같은 운동을 해도 지방이 빠지는 곳은 사람마다 달라요. 살찔 때 원하는 부위를 골라 찔 수 없듯이.

원하는 곳을 골라 뺄 수 없단 말입니다.

단적인 예로…. 살이 빠지면 가장 먼저 티가 나는 데가 어딥니까?

어… 얼굴?

무염식으로 잠시 살을 뺐을 때의 얼굴.

맞아요.

하지만, 얼굴 살을 빼려고 얼굴 운동하는 사람은 없죠.

아요 아요 우어

아아…. 그렇군요! 역시 관장님!

그리고 전에 보니까 아령 들고 런닝머신 하시던데 그러지 마세요. 관절에 무리가 가니까요.

발은 편한 신발 신어 놓고 왜 손은 힘들게 만듭니까.

지당하신 말씀입니다.

난 당신을 정말 신뢰 합니다!

신뢰
합니다.

큰헬스장

신뢰….

큰헬스장

….

큰헬스장

관장
이 자식!

아니….
이렇게
해서 살이
빠지겠어요?

하는 김에
두세 시간은
했으면
하는데….

안 그래도
일주일에
두 번밖에
PT를
안 받는데
….

강도는
서서히
올릴테니
걱정
마세요.

아니….
더 빡세게
해주든지
더 길게
봐주든지
했으면
좋겠거든요.

<감량전쟁>이나
<돼지탈출>같은 TV프로
보면 엄청 빡세게
하루종일 시키던데!

TV 프로는
시청자들에게
자극을 줘야 하니까
그렇죠.

한꺼번에 무조건
많이, 오래 한다고
좋은 게 아니에요.

그래도….
솔직히….

이거 하고
한 시간에
몇만 원….

….

부장
PT 운동 계획

치아가
많이
썩으셨네요.

아~

식이 조절은 잘하고 계시겠죠?

아무래도 식단 체크를 해야겠어요.

일주일에 두 번 PT 받는 걸로는 회원님의 기대만큼 감량하기 힘듭니다.

식단 병행이 되면 모를까.

그리고 꼭 PT날이 아니더라도 헬스장엔 꾸준히 나오세요.

아셨죠?

....

나도 나름 일주일에 8시간 운동 계획이 있단 말이야.

식단 조절도 할건데.

계속 잔소리만 쫑알쫑알…!!

하지만 ….

업무　운동 1시간 30분　쉼　쉼　운동 1시간 30분　거래처

야심차게 일주일에 8시간 운동하겠다던 부장의 지난 6일간 패턴.

운동　운동　운동　운동　운동　쉼

그저 습관처럼 꾸준히 운동한 수지의 지난 6일간 패턴.

149

스스로 만든 룰인
일주일에 8시간의
압박…!

으으.

화요일에
1시간 반…!
금요일에
1시간 반…!

겨우 3시간밖에
못 채웠어…!

일주일에 8시간
목표를 채우려면
내일 나가서
5시간이나 운동
해야 해…!

그 정도는 해야
살이 빠질 거야!

아무도 부장에게 8시간 운동하라고
강요하지 않았지만, 괴롭다…!

무리한 목표를
지키지 못하자
쓰레기가 된 기분
…!

끄으으
으으.

겨우겨우
3시간을 채우고
집에 돌아온
부장.

끄으으
으으.

끄으으
으으.

야옹

당연히
골병이
났다.

네….
못 오신다고요.
네, 네….

….

서찬희.

네?

오늘 헬스장 정리 좀 부탁해.

어디 가세요?

회원님 집에.

부장이 내심 안쓰러웠던 네온비 관장.

어어? 여긴 어떻게?

회원 가입서에 적힌 주소대로 찾아왔습니다.

그냥 누워 계세요.

운동 계획을 세우는 건 좋지만 꾸준히 하는 운동과 몰아서 하는 운동은 달라요.

운동을 빠진 날엔 차라리 집에서 가벼운 체조를 하고 넘어가세요.

그게 더 낫습니다.

그렇다. 하루 20분을 운동해도 꾸준히 한다면 몸은 얼마든지 변하는 것을…!

고맙습니다….

그리고 그동안 의심해서 미안합니다…!

주룩

주룩

이제 정말 시키는 대로 열심히 하겠습니다…!

한 방울씩 꾸준히 떨어지는 물방울은 바위를 뚫지만

똑

똑 똑

가끔씩 한 번 뿌리는 걸로는 변하지 않습니다.

촤

10. 허벅지, 허리, 등이 기본이다!

큰 근육을 먼저 단련해야 하는 이유는 136쪽의 '근육운동은 어떻게 해야 효율적인가요?'에서
말했습니다. 〈다이어터〉 3권에서 소개하는 운동은 스쿼트, 데드리프트, 플랭크입니다. 각각 허벅지,
종아리, 등, 허리를 단련하는 운동입니다.

우선 이 근육들은 사용 빈도가 아주 많은 부위입니다. 지구력이 필요한 몇몇 운동선수를 제외하면,
대다수 종목의 전문 운동선수들은 기본적으로 이 부위를 단련합니다. 가령 권투나 격투기 계열의
운동은 하체와 허리에서 파워를 얻어낸다고 합니다. 또한 이 부위의 단련 정도와 체력은 비례한다는
연구 결과도 있습니다.

스쿼트

스쿼트는 '근력운동의 꽃'이라고 불립니다.
그래서 "닥치고 스쿼트!"라는 말이 있을 정도로 중요한 운동입니다. 이것이 왜 중요할까요?

스쿼트는 대퇴사두근, 즉 허벅지를 중심으로 종아리, 허리, 엉덩이, 복근을 단련합니다. 허벅지는 우리
몸에서 가장 큰 근육입니다. 건강한 사람의 몸무게는 50~90kg 정도의 무게입니다. 허벅지는 서거나
걷고 뛰면서 이 무게를 온전히 버텨냅니다. 그만큼 강력한 힘을 가진 부위입니다. 이렇게 큼지막한
부위를 움직일 때는 많은 열량이 소모됩니다. 본격적인 역도 운동이 아니라면, 단일 운동으로는
스쿼트가 가장 큰 열량을 사용한다고 하네요.

그러나 스쿼트에는 열량 소모와 근성장 이상의 더 큰 효과가 있습니다. 이 거대한 근육을 성장시키기
위해서 두뇌는 바쁘게 움직입니다. 근성장에 필요한 호르몬을 더 분비하고, 더 많은 영양을
요구합니다. 이로 인해 일어나는 변화는 단지 대퇴사두근 성장으로 끝나지 않습니다. 다른 근육의
성장까지 촉진하는 것입니다. 따라서 스쿼트는 단일 운동이 아니라 심폐지구력과 같은 기초 체력
요소와 동일선상에서 봐야 합니다. 만약 이러한 효과를 충분하게 발휘하려면 하루에 우유 500㎖
이상 섭취하는 게 좋다고 합니다.

스쿼트가 무릎에 나쁘다는 오해가 있습니다. 4개월 동안 스쿼트 같은 하체 운동을 했던 무릎 질환
환자들의 통증이 43% 감소했다는 연구 결과도 있습니다. 스쿼트가 무릎에 나쁘다는 속설은 잘못된
자세로 운동하다가 부상당하는 경우가 와전되었다고 봅니다. 물론 자세가 중요한 운동이기 때문에
반드시 세심한 자세 교정이 필요합니다.

플랭크

척추를 똑바로 교정하고, 척추기립근을 단련하는 운동입니다. 튼튼한 허리는 모든 운동에 기본이
됩니다. 그만큼 허리를 사용하지 않는 운동은 없다고 보셔도 됩니다. 허리를 단련하면 자세가
좋아지기 때문에 운동 시 부상 위험이 줄어든다고 합니다. 또한 요통을 예방, 개선하는 데에도 탁월한
효과가 있습니다.

데드리프트

이 운동은 거의 전신을 다 사용하는 운동입니다. 허벅지 속 근육과 엉덩이, 허리, 등 전체를
단련합니다. 정확하게는 척추기립근, 둔근, 햄스트링이 주로 단련되고, 승모근, 광배근, 대퇴사두근,
전완근도 자극이 됩니다. 특히 가장 많이 자극되는 부위가 엉덩이입니다. 엉덩이의 모양을 다듬어
주기 때문에 아름다운 몸매를 만드는 데 필수적인 운동입니다. 여러 근육이 동시에 자극되기 때문에
유연성, 협응력 향상에도 효과가 큽니다. 다만 본문에서도 강조했다시피 이 역시 혼자 익히기 무척
어렵습니다. 트레이너에게 정식으로 자세를 익히도록 합시다.

어? 왜 벤치 프레스가 없나요?

벤치 프레스는 스쿼트, 데드리프트와 함께 3대 운동으로 꼽힐 만큼 중요하게 인식됩니다. 여기서
소개하지 않는 이유는 우선 〈다이어터〉에서 잠깐만 언급된 운동인 면도 큽니다만, 기초에 속하는
하체, 척추, 등의 운동이 먼저라 설정했기 때문입니다. 남녀 모두 모양이 잘 잡힌 가슴 근육은 몸매에
자신감을 줍니다. 그러나 실생활에서 그다지 많이 쓰이지 않는 것도 사실이죠. 따라서 초기에는 다른
운동에 주력하고, 다음 단계에서 추가하는 편이 낫다고 봅니다. 물론 벤치 프레스까지 소화할 체력
여유가 있다면 적절하게 추가하셔도 좋습니다.

소포
왔어요!

와~!

찌릉
찌릉

뭘
시킨 거니?

새로
교체하고
더 밝아진
전구.

딸깍

새 운동복과
운동화예요!

펄쩍

펄쩍

아빠 뭐
필요한 거
없으세요?

녀석.
돈이 어디
있어서….

돈은….

끈

질

매일 떨어
지잖아요.

꼬마 근육이
운동하니?

네!

탁탁탁

이제 수지가
음식을 섭취할
시간이에요!

가지러
가야죠!

쏴아아아

얏호!

돈이다!

Money cliff

정말 제시간에 꼬박꼬박 떨어지는군.

박봉이야.

시도 때도 없이 떨어질 때가 좋았는데….

어이쿠. 죄송합니다.

길 좀 터주세요.

자. 자.

여기가 명당이에요.

어어….

이…. 이 녀석들! 괘씸하다! 근육 주제에…. 돌아가지 못해!

이 녀석 …?!

왜 우리가 가야 하죠?

…그야….

원래 여긴 우리가….

우리만….

이 돈을 지방만 가져가라는 법이 있습니까?!

안 그래요. 여러분!

맞아!

맞아!

그동안 많이 먹었잖아!!

큭…!

그런 법은 없지만….

와아아아!

돈이다. 돈.

쏴아아아

....

정기적으로 불어오는 태풍을 대비해
집을 튼튼히 보수하는 일도
게을리하지 않는 기특한 꼬마근육.

뚝딱
뚝딱
뚝스
딱스

꼬마근육아.
우리 집 전등도
좀 갈아줄래?

네!
맡겨만
주세요!

꼬마근육 님!
바쁜데도 운동을
게을리하지
않으시는군요!

전에 부탁하셨던
조립식 턱걸이
세트와 덤벨
구해왔습니다!

오. 고마워!

빨리 마저 고치고
운동해야지.

부지런해지는
근육들에 비해
자꾸 해이해져
가는 지방들.

....

데굴
데굴

후읍

크으으으으

쿠쿠쿠쿠

미···

미안해
···

나 혼자
갈게···

휴···

그래···!
힘이 세지면
끌려가지
않아도 된다!

싸아아

1000

오이이

1000

운동복들을
좀 더
사야겠어.

$

맡겨만
주세요.

와아

새옷
이다

새옷
이다

ㅋㅋㅋ

빅 빅 빅
빅 삐삐
빅

운동만 나오면 옷을 공짜로 준다고!?

고맙기도 해라.

수건이랑 물통도 준대요.

나도….

나도 받을 거야…!

꼬마근육 덕분에 더욱 부지런해지는 근육들.

우르르-

무슨 생각을 그렇게 하는 거야.

바깥을 계속 보면 마음만 심란해진다.

….

그만 들어가자구.

대장님.

이대로 계속 수지나라가 조금씩 변해간다면….

전 사라질까요…?

무, 무슨 소리야!
네가 이대로 사라지게 내버려 둘까 보냐!

어쨌든 돈은 꼬박꼬박 들어온다! 지금은 있는 지방들을 잃지 않는데 주력할 때야!

그러니 마음을 독하게 먹으라구!

듣고 있냐?!

말은 이렇게 하지만 불안한 건 대장도 마찬가지였다.

크윽….

크윽….

크윽….

우리가 어쩌다 이 지경까지 몰린 거지….

수지 자식…. 제발 다이어트 따윈 그만둬….

그만…!

수지의 다이어트 5개월 차.

수지 씨 살 많이 빠진 것 같지 않아?

그러게. 라인이 좀 변했어.

주위에서 알아보기 시작한다.

저 아가씨, 체형이 좀 변한 것 같아요.

맞아, 맞아. 처음 헬스장 왔을 때보다 확실히 달라졌어.

멋있는 누나예요. 나도 열심히 해서 빨리 표준체중 돼야지!

저 아저씨도 많이 빠졌고 말이야.

좋아요! 하나만 더!

이래봬도 고딩이다.

끄으아압!!

부장. 꾸준한 운동 한 달째.

후….

내일은 무게를 좀 더 올리겠습니다.

….

네!

신수지. 163cm / 74kg

왕 왕 왕

SPEED 7.0

30:03

STOP

삑

끝났으면 천천히 스트레칭 해.

종아리 풀어주고.

수지에게
나타나기 시작한
체형의 변화….

싸아아

도로롱

도로롱

이중턱이 거의
없어졌다….

얼굴이 동글동글해졌어.

아직은 볼살이 많지만.

짝

욱

그래도 만족.

띠

용

쇄골…!

이 부분의 살이
좀 더 빠지면
쇄골이 생기는 건가?!

더듬

더듬

만져진다
…!!

목 아래
가늘고 긴
아름다운
뼈가….

있었어…!!
나한테도 쇄골이
있긴 있었어…!!

그래. 맞아.
쇄골이 없는 사람은 없지.

우후후후….
하하하….

매우 당연한
사실이 기쁘다.

예전엔
몸통이
주사위
같았는데
….

등 부분도
삼겹살
이었는데
평평해졌다!

90kg 때는
팔이 이만큼
처져
있었는데
….

지금은
옆이 좀 더
면적이
좁다!

90
라인

허리도
많이
들어갔고
….

지금은
조금
올려붙었다?

조금만 더
있으면 한 손에
손목이 잡힐
것도 같다!

체중 감량 속도는
더디지만
체형 변화는 점차
뚜렷해지고 있었다.

이것이 정석
다이어트의
효과.

요즘 수지는 부쩍
출근 준비 시간이
즐거워지기 시작했다.

세상에!
이 옷도 맞다!

이 옷도 맞아!
77이 들어가다니!

입을 게 많아졌어.
행복해….

히 히 히 히

우쭐해진
수지는
90kg 때
입었던
옷들을
입어본다.

헐렁해진
만큼
살이 빠진
거야
….

살이
이만큼
없어진
거야
….

행복해!

운동을 못 가더라도
어떻게든 식이는
지키려 했던
수지의 노력.

포기하고 싶었어도
어떻게든 운동을
나갔던 수지의 노력.

수지는 지금 그것에 대한
행복한 보상을 받는 중이다.

이 옷은
66반 정도
….

혹시
들어가지
않을까?

안 들어
가려나?

166

들어가긴 하는데….

입고 다녀선 안 될 것 같은 느낌.

으…. 팔이 들어가긴 들어가는데 만세가 안 되는구나.

팔을 많이 움직이면 찢어질 것 같아.

안타깝지만….

66까지는 아직 힘들겠어.

갈 길이 멀구나.

좋아! 살을 더 빼서 저 옷을 꼭 입어 주겠어!

막연히 날씬해 지겠다는 것보다 소소하고 현실적인 목표를 세우는 것.

그것이 다이어트를 지속할 수 있는 원동력이 된다.

다이어트 한다고 너무 티 내는 사람들 있잖아. 왜. 다이어트가 무슨 벼슬도 아닌데.

왠지 주변 사람들 눈치 보게 만들고, 신경쓰이게 만들고….

그런데 수지 씨는 그렇지 않아서 되게 좋다. 다이어트는 그렇게 해야 되는데….

솔직히 직장 다니면서 다이어트 성공하는 사람은 뭘 해도 성공할 것 같아요.

아마 더 빼겠죠? 근성이 대단하니까.

무슨 얘기 해요?

불쑥

!

수지 씨 흉봤어.

맞아!

으익. 정말요?

농담이지 ㅋㅋㅋ

ㅋㅋㅋ
ㅋㅋㅋ

ㅋㅋㅋㅋㅋ
ㅋㅋㅋㅋㅋ
ㅋㅋㅋㅋㅋ

직장 내에서 수지의 평가도 업 되는 중.

늘 지나다니던 퇴근길도 새롭다.

로맨틱 스타일
PINK GIRL
PRETTY
VANG VANG
싸고 예쁜 옷
캐주얼 STU
제 청바지
EL 티

우리 동네에 옷가게가 이렇게 많았었나?

새로 생겼나?

그동안 관심이 없었을 뿐이다.

옷가게
여성의
샵

저기 가도 나한테 맞는 사이즈가 있겠지?

SALE

내가 입을 수 있는 게 있겠지…?

한번 들어가 볼까…?

꿀꺽

딸랑 딸랑

어서 오세요.

이 옷…. 좀 더 큰 사이즈 있어요?

네. 있어요.

있어요!

있어요!

있ㅋㅋㅋㅋㅋ다ㅋㅋㅋㅋ

언니는 글래머러스해서 살 쪼끔만 더 빼시면 더 어울리겠다!

알랑

얼굴도 예쁘시고.

피부도 곱고~.

알랑

지금도 안 작아요. 딱 좋아요.

가슴 밑으로 핏이 쭉 떨어져서 허리 완전 날씬해 보이잖아요.

→ 이 말이 제일 좋다.

입에 발린 말이란 걸 알지만 그래도 기쁘다.

옷이 맞는 건 사실이니까!

또 오세요.

네.

WELCOME

역사적인 날이야!!!

아무렇지도 않게 평범한 옷가게에 있는 사이즈를 사입었어!!

언제나 남자 옷 사이즈만 입었는데!

인터넷에선 빅 사이즈 쇼핑몰만 봤었는데…!

백화점에서는 임산부 옷만 봤었는데…!!

물론 아직 빅 사이즈 쇼핑몰을 완전히 탈출할 정도는 아니었지만.

뚱뚱   보통

보통 옷가게의 어느 정도 넉넉한 사이즈는 입을 수 있게 되었다.

지금은 그것만으로도 행복했다.

운동 열심히 할 거야!

식이 조절도 열심히 할 거야…!

sports

sports sports sports sports sports

06 NEW YO

…

선생님…。

수지. 헬스장 이용 4개월 차.

오늘은 금요일이니까 사람이 별로 없겠다.

큰 헬스장

다 똑같은 마음의 월요일.

망했어….

망했어….

주말에 처먹고 놀았어….

빨리 빼버려야 해….

후끈 후끈

흐어어어….

다들 약속 있다고 안 오는군….

금요일.

의 패턴도 익숙해졌다.

꾸벅

안녕하세요~

안녕하세요.

안녕하세요.

친절한 NPC

아. 왔어요. 아가씨.

안녕하세요.

마른 NPC

안녕하세요. 누나!

안녕하세요.

무뚝뚝한 NPC

….

꾸벅

마치 온라인 게임 속 같은 헬스장.

NPC: 온라인 게임 등에서 같은 장소, 같은 자리에 가면 항상 볼 수 있는 게임 속 캐릭터 이젠 수지도 어엿한 헬스장 NPC.

어떻게 살 뺐어?

비결 좀 알려줘 봐.

뻥튀기 NPC

꾸준히 식이 조절하고 ···. 운동하고 그렇죠 뭐 ···.

그것뿐이야 ···?

새로운 사실이 없음에 실망한다.

근데 난 왜 안 되지 ···?

그리고 뻥튀기를 끊으셔야 할 것 같아요 ···.

주말 오후엔 늘 한가한 큰 헬스장.

안녕하세요.

아. 색시 왔는가.

월초엔 엄청나게 의욕이 충만한 신규회원들이 제법 들어온다.

그러나 월말까지 남아 있는 건 항상 꾸준히 하던 사람들뿐이다.

열심히는 아니지만 꾸준히는 하는 사람. →

좋아! 세 개만 더!

끄으읍 ···.

하체가 튼튼해야 다른 운동도 잘할 수 있는 거야.

힘내라!

후욱

후욱

런지 (덤벨런지)

교대로 무릎 구부리기

탄력 있는 하체와 힙을
만들 수 있는 운동.

1.
양손에
덤벨을 들고
편하게 선다.

2.
보폭을
앞으로
넓게
벌린다.

뒤꿈치는
땅에 닿지 않게
유지.

3.
그대로 천천히
자세를 유지한 채
양쪽 무릎이
직각을 이룰 때까지
몸을 낮춘다.

무릎을 땅에
쿵!! 부딪히지
않도록
주의한다.

1로 돌아와서 반대편 다리로 반복한다.

일상생활
에서도
맨손으로
틈틈이!

익숙해지면
운동 방법에
변화를 줘도
O.K!

자.
반대쪽.
다리
바꿔서.

스쿼트는
다리 두 개를
한 번에 끝낼 수
있는데
...!!

런지는
한쪽 다리씩
해야 하니까
시간도 두 배.
고통도 두 배!
으흐흐흑
....

후욱
후욱
후욱
후욱

하지만
....

끄으으으으...

차

이제 이런 것쯤은 즐기면서 할 수 있지!

디용

곧바로 유산소 운동이 이어진다.

SPEED 6.7
02:03

삣 삣 삣

잇 잇 잇 잇 잇

이제 꽤 잘 걷는군.

처음에는 속도를 5로 놓고 걸어도 힘들어 하더니.

잇 잇 잇 잇

근력 운동 뒤의 유산소는 지방을 더 효과적으로 태워준다고 했잖아요.

…처음엔 지루하고 힘들었는데….

이 시간 동안 지방이 연소 된다고 생각하니까 즐거워요.

대장님. 이게 뭐죠?

지글 지글

불이야 불!

이, 이 자식들 그런 걸로 일일이 호들갑 떨지 마라!

유산소 운동은 고작해야 30분이야.

뜨거워요.

크….

그 정도는 어떻게든 참아 봐!

30분 경과.

으으으
….

꺼질 거야….

3시간 경과.

어쩐지 후끈후끈
하고 좋은데…?

으음
….

12시간 경과.

요가
파이어~

까
까

불 찜질
이다.

운동이 끝나도
지방의 연소는
최장 24시간까지
지속된다.

이것이
운동
후
대사
효과.

어째서
꺼지지
않는 거야!?

이건 너무
불공평해!

광

광
광
….

운동은
진작에
끝났잖아!!

진작에!!

그럼 그만 타야
공평한 거
아니냐고…!!!

으아
아
아

아
아아

이렇게 운동하는 게 계속 익숙해지면 살 빼기가 점점 쉬워질 것 같아요.

지금처럼 꾸준히 하면 살도 계속 쭉쭉 빠지겠죠?

....

그래. 그래.

그래. 그래.

겨우 이 정도 운동으로 만족하면 안 되지. 수지야.

이렇게 계속 걷기만 하고 똑같은 근력 운동만 할 생각이야?

운동이 편하게 느껴지면 더 힘든 운동을 해야지…!

이제 그쯤은 소화할 수 있잖아…?

난 니 옆에만 몇 년이고 붙어있을 그런 몸이 아니란 말이다…!

그래도 지금은 칭찬 해주는 게 좋겠어.

어? 이게 무슨 소리지? 무슨 소리 안 들려?

네?

?

무, 무슨 소리요?

....

살 빠지는 소리 ㅋㅋㅋ

아 ㅋㅋㅋ ㅋㅋㅋ

소름 →

그날 저녁.

선생님!

?

짠

자.
선물이에요.

….
이게….
뭐야.

바스락

SPORTS ...

선생님 매일
같은 옷만
입잖아요.

이제 쌀쌀
해지기도 하고….
그리고….

가져가서
환불해.

네?
괜찮아요
….

그냥 선물이니까
부담 안 가져도….

어…?
왜…?
좋아할 줄
알았는데
….

이런 거 입으려고 여기 있는 게 아니야.

내가 거지야?

거지다.

왜요 왜? 잘 어울리겠는데….

어…. 그래도 감기 걸리면….

….

스읔 스읔

봐요. 선생님이 좋아하는 녹색이에요.

자요. 자.

한 번만 입어봐요.

네? 네?

색깔이 마음에 안 든단 말이야!

색깔!!

녹색 정말 싫어, 지겨워!!

아….

11. 워밍업, 스트레칭, 쿨링다운

추울 때는 몸이 움츠러들고, 뻣뻣한 느낌을 받습니다. 추운 날에는 잠자리에서 일어나기 무척 어렵죠.
이는 단지 잠에서 막 깨서 몽롱하기 때문이 아닙니다. 체온과 신체활동에는 밀접한 관계가 있습니다.
추울 때 몸이 움츠러드는 것과 반대로, 체온이 충분히 올라가면 몸의 움직임이 유연해집니다. 혈관은
확장되어 근육에 더 많은 혈액을 보냅니다. 만약 체온이 충분히 올라가지 않으면 유연함이 떨어지고,
부상 염려가 있습니다. 때문에 본격적인 운동 전에 가벼운 운동으로 미리 체온을 올리는 것이지요.

스트레칭은 건(腱)과 근육을 미리 자극하여 부상을 방지하기 위함입니다. 스트레칭을 꾸준히 하면
유연성이 향상됩니다. 준비 운동이 아니라 체조를 한다는 마음으로 열심히 하면 더 좋고요. 운동을
쉬는 날에도 스트레칭을 해주면 유연성이 좋아집니다. 유연성은 운동에 중요한 요소로, 유연성이
개선되면 부상을 덜 입고, 회복력도 개선됩니다. 요가나 필라테스 같은 운동을 병행해도 좋습니다.

쿨링다운은 워밍업의 반대 개념입니다. 운동을 끝냈으니 뜨거워진 몸을 천천히 식히는 것이죠.
어렵게 생각할 필요 없이 아주 저강도의 운동 – 걷기나 가볍기 뛰기 등 – 을 5분 정도 하면 됩니다.
쿨링다운을 하지 않으면 근육에 쌓인 피로물질이 잘 분해되지 않아 근육통을 유발하고, 급속히 몸이
식어 감기에 걸릴 수 있습니다. 쿨링다운과 더불어 가벼운 체조나 스트레칭을 해줘도 좋습니다.

12. 단백질 보충제는 몸에 해롭나요?

운동을 하며 단백질 보충제를 먹는 사람은 정말 많이 듣는 말입니다. "아이구 이눔자식아,
겨우 키워놨더니 운동한다고 독을 먹어?"라면서 기겁하시는 부모님에 대한 이야기도 들었습니다.
이러한 오해는 전문 운동선수들의 약물 복용 사건이든가, 몇 가지 사실들이 와전된 것입니다.
대표적인 금지 약물은 스테로이드인데, 이것을 사용하면 큰 노력 없이 근육을 성장시킬 수 있습니다.
그러나 전문가의 처방 없이 함부로 사용하면 극심한 부작용을 낳습니다. 애초 근육 성장을 목적으로
국내에선 의사 약물 처방을 받기 어렵습니다. 따라서 이런 약물들은 음성화되고, 더욱 열악한
환경에서 정확한 지식 없이 처방됩니다. 악순환이죠.

단백질 보충제는 이런 금지 약물과는 다릅니다. 단지 단백질을 먹기 좋게 가공한 제품입니다.
이런 제품들의 설명서를 잘 보면, 주성분이 대두 단백질, 혹은 유청 단백질이라고 표시되어 있습니다.
대두 단백질은 콩에서 분리한 단백질, 유청 단백질은 우유에서 분리한 단백질입니다. 스테로이드처럼
직접적인 호르몬 작용을 하는 제품이 아닙니다. 이것이 몸에 해롭다는 말은 비타민제가 몸에
해롭다는 말과 같습니다. 우리 식약처는 호르몬제나 스포츠용 약물 사용에 대해 외국보다 까다로운
기준을 가진다고 합니다. 따라서 정상적인 경로로 유통되는 제품이라면 성분에 대해 걱정할 필요가
없습니다.

매일 요리를 하기 힘들면 단백질 보충제를 이용해도 좋습니다. 그러나 자연식의 영양이 훨씬 더
우월하니, 필요에 따라 잘 선택하시기 바랍니다. 다만 단백질 보충제를 고를 때는 영양 표기를
잘 확인하세요. 탄수화물 비율이 50~70%에 달하는 제품이 있는데, 이것은 '게이너'라는 탄수화물
공급을 우선하는 제품입니다. 운동선수에게 필요한 제품이고 다이어터에게는 불필요하므로 다른
제품을 찾아보세요.

눈대중으로 산 옷이 들어갔어~!! 대박~!

오늘은 이거랑 이 구두랑 신어야지!

러닝화는 안 어울릴 것 같으니….

입을 게 늘어가는 수지의 옷장.

오늘은 걷지 말아야지….

예쁘게 꾸미고 나갈 거야.

스윽

스윽

별꼴을 다 보는군….

다녀올게요~.

그래.

입을 수 있는 옷이 늘어났다는 사실은 수지를 하루하루 행복하게 했다.

x

신고 싶었던
신발도 신고.

두국
두국

입고 싶었던
옷도 입고.

두국

두국

살을 빼니까
선택의 폭이
넓어졌어….

행복해.

또각

또각

멈칫

계단은 운동화
신은 날에
올라가자.

위이이이

건강에만
문제가 안 된다면
이 정도로 살아도
괜찮지 않을까….

옷도 보통
옷가게에서
살 수 있고….

적당히
맛있는 것도
먹을 수 있고…?

183

아니야…!

난 아직 월경도 불규칙하고….

상체는 넉넉한 77사이즈를 입을 수 있지만 아직까지 맞는 바지는 찾기가 어렵잖아?

체력은 좋지만 아직 건강한 체중은 아니야….

난 아직 비만이야. 우쭐해지면 안 돼….

내일부터는 다시 걷기도 하고….

병원도 꾸준히 나가서 건강검진도 받아야 해.

다시 예전처럼 열심히 하자…!

마음만 먹으면 금방 66사이즈도 입을 수 있을 거야! 난 체력이 좋으니까!!!

난 내 또래의 다른 여자애들보다 덩치는 좀 있지만 체력만은 좋으니까!!!

라고 수지는 굳게 믿었다.

오늘은 상체운동과 복부 하는 날이죠?

수지는 상·하체를 하루하루 번갈아 운동하고 있다.

아니.

그럼 오늘은 복부 운동만?

매트 가져올게요.

오늘부턴 새로운 운동을 할 거야.

새로운 운동…!!

체력에 자신이 있는 수지는 이제 어떤 운동도 두렵지 않다…!

좋아! 좋아!

새 운동 좋아!

오늘은 유산소 운동과 무산소 운동을 같이 할 수 있는 운동을 새로 배울 거다.

같은 운동만 계속하면 재미도 없지.

히죽 히죽

이건 재밌어서 눈물이 다 날 거다.

기대 기대

정말요?

케틀벨.

아령의 일종으로 크고 아름다운 손잡이가 특징.

스윙 (케틀벨 스윙)

전신근육을 사용하는 운동.

무산소 +유산소 운동의
효과가 있다.

케틀벨을
양손으로 잡고
다리는
어깨 너비보다
넓게 벌리고
정면을 보고 선다.

엉덩이 중심은
약간 뒤로.
상체 중심은
약간 앞으로.

앞 뒤로
반동을 주며
힘차게 양손을
들어올리고 몸을
완전히 편다.

팔에 힘을 빼고
다리 사이로
케틀벨을 왔다갔다
자연스럽게 반복한다.

스윙 중 케틀벨을 놓치지 않도록
집중해서 운동할 것!

케틀벨을 놓치면 일어날 수 있는 사고!!

거울을 깨거나.

왈장창

어항을 깨거나.

쨍그랑

…을 깰 수 있습니다.

빡

으악!!

고작 이거 한 세트가 끝이라고 생각했어?

10분 동안 할 거야. 1분에 25개씩.

네?

스윙 운동은 휴식 시간이 매우 짧다.

5초 남았다. 어서 잡아.

크윽….

셋!

넷!

다섯!

붕

붕

붕

25회 달성.

하아…. 그래도 금방 하니까….

5초 남았다.

붕 붕 붕 붕 붕 붕 붕

10분 동안 250개인가….

휴아

휴아

휴아

엉덩이! 엉덩이를 튕겨라!

저질 댄스 처럼!

5세트째.

나 그래도 체력은 좋은 편이 아니었나…?

8세트째.

엉덩이 쪽 관절이 욱신거리기 시작한다.

9세트째.

아무 생각이 안 난다.

10세트 종료.

처음인데 잘했어. 무게는 천천히 올리도록 하자.

좋아졌으니까 이만큼 한 거야. 잘했어. 잘한 거야.

체… 체력은 좋다고 생각했는데….

장기간 식이조절과 운동을 하다 보면 몸이 적응을 한다.

이때 새로운 자극을 주지 않으면 여지없이 정체기를 만나게 되는 것이다.

바로 이 점 때문에 운동으로 꾸준히 살빼기는 그리 녹록지 않다…!

경쾌한 손놀림.

명랑한 목소리.

뚝뚝

들어와요!

탁

그래. 무슨 일로 왔나요?

인자한 미소.

저어, 오전에 제가 실수 했던 것 죄송합니다.

으흥? 괜찮아, 괜찮아. 그럴 수도 있지.

저어, 그리고 오늘 야근은 힘들 것 같은데 ....

괜찮아요. 괜찮아.

?

짠 짠 짠

내장 지방이 눈에 띄게 줄었네요.

지방간 수치도 낮아졌어요.

혈당도 거의 정상입니다. 축하해요.

건강이 돌아오자 바다처럼 넓어진 부장의 마음.

오늘은 PT 안 받는 날이지만 그래도 운동 가야지!!!

운동 최고야!!

하지만….

어, 자네구만. 어…? 뭐…? 오랜만에 친구들끼리 술 한잔?

사회생활을 하다 보면 피할 수 없는 게 있다.

부장 1주 시단표

월	화	수	목	금	토	일
술		술		술		

술자리를 좋아하시네요.

안주 먹은 것도 쓰세요. 구체적으로.

일주일에 한 번으로 줄이면 좋을 것 같습니다.

불가능해요…! 관장님처럼 헬스장에 종일 처박혀 살면 모를까….

차라리 술자리에서 살찌지 않을 방법을 알려주세요.

물을 많이 마시면 된다든가….

안주로 두부만 먹는다든가….

비계는 떼고 살코기만 먹는다든가….

술자리에서 그게 가능하리라 생각하십니까?

가면 일단 먹게 됩니다.

먹을 수밖에 없어요.

운동 실컷 해도 술 마시면 그냥 지방 한 덩이 추가예요.

이만큼.

아무리 두부를 시켜먹어도 그게 다 양념이 돼 있잖아요.

모든 양념은 탄수화물이랑 지방을 섞은 거예요.

그럼 두부를…. 물에 씻어 먹으면 되지 않습니까…?

씻어 먹으면….

크하하하하

하하하하하

필사적이다.

흐으 흐으 흐흐흐

허…. 허허… 허허허…

그냥 가지 마세요.

그런 짓을 했다간 친구들이 가만두지 않을 거요.

꼴불견 이니까.

저, 저는 두부만 먹고 끝낼 수 있습니다!

정말입니다! 두고 보세요!

그래…. 양념은 털어내고 두부만 먹으면 돼. 술은 딱 한 잔만 하는 거야. 그 정도는 괜찮아!

여보세요? 왜 대답이 없어? 어이, 어이. 올 거야, 말 거야?

왔구나.

부장의 친구들.

올 줄 알고 미리 시켜놨지.

자네가 좋아하는 안주들이야.

치즈 불닭

탕수육

치킨

알탕

크윽…. 두부김치는!

두부김치가 없잖아!

?

뭐? 두부김치? 무슨 소리야?

이 자식. 꿈꾸다 왔나?

사… 사실 난 지금 다이어트 중이라 이런 거 못 먹어….

헬스 PT도 받고 있고 ….

이 자식….
안 어울리는 짓을 하는군.

그래,
그렇구나.

일단 한잔
받아.

두부김치는 무슨
두부김치야.
그건 집 근처
슈퍼에서나 사먹어.

맞아 맞아.
꼭 이런 자리까지
와서 콩 푸딩 같은 걸
먹어야겠어?

우리 같은 나이에
웬 헬스?
식스팩 만들게??

살 빼지 마.
얼굴도 아주
창백해졌구만.

난 옛날에
니 얼굴이
더 좋은데!

자, 일단 먹어.
먹어보라고.

크윽….

저, 저는
두부만 먹고
끝낼 수
있습니다!

두….
두부
….

둡….

ㅂ….
ㅂ….

친구들은 도대체 왜 부장에게 자꾸 음식을 권하는 것일까.

친구들이 나쁜 놈들이라서? 날씬해진 부장이 샘이 나서?

물론 그럴 수도 있다.

하지만, 꼭 그런 치사한 이유들 뿐일까?

부장과 그의 친구들을 하나의 집단으로 묶어 생각해보면 해답은 명쾌해진다.

① 3명의 불편함과 1명의 그저 그런 기분.

② 3명의 기쁨과 1명의 불행.

하지만 이 순간만은 기쁨.

최대 다수의 최대 행복을 위해 여기선 2번을 선택해야 한다.

그렇게 생각해보면 친구들을 꼭 나쁜 놈들이라 욕하기도 어려운 것이다.

먹어 먹어 먹어 먹어 먹어

일주일에 한 번 정도는 괜찮다고 했지만 이번 주만 세 번째 술자리야….

관장님한테 한 소리 들을 텐데….

건강검진 결과도 겨우 좋아지고 있는데…!

195

난 그냥 맥주랑…. 안주는…. 아, 아몬드….

친구. 좀 솔직해지자고.

툭 툭

우리가 힘들게 일하는 건 다 먹고 살자고 하는 짓이잖아.

그리고.

생맥주를 고작 아몬드 나부랭이나 씹으면서 제대로 즐길 수 있겠어?

이… 이 대사는…!

그건 맥주에 대한 모독이라고.

그래, 그래. 자. 우리가 쏘는 거야.

쿵

쿵 쿵

그래! 운동! 운동한다며! 운동하면 되지!!

그냥 먹어! 괜찮아!

헬스장에 돈 쓰는 것보다 이렇게 현실에 충실하면서 하루하루 맛있는 걸 먹는 게 진짜 바람직한 인생 아닐까?

ㅋㅋㅋ

끄으으…

수지씨…! 이런 기분이었나…!

이런 기분 이었던 거야…?!!

버틸 수가 없다…!

아니면 강한 의지로 아주 조금만 드세요.

그래! 조금만 먹자!

강철 같은 의지로!!

조금!!

조금!!

조금!!

이건 이미 조금이 아니다.

후루 후루

낼름 낼름

꿀떡 꿀떡

크흑…!
역시 술자리에
가면 안 됐어…!!

지방간이
심해졌을 거야
…!

혈당 수치도
다시 위험해
질 거야…!

관장님! PT
하루 땡겨서
해주시면
안될까요?

네?
아니….
이 시간에
….

뭐, 오세요.
그럼.

오늘 먹은 거
다 빼고
잘 거야 !!

빡세게
굴려주세요.
관장님!!

빡세게!
빡세게!

그럼 워밍업
하시고
스쿼트부터
….

아….
알았습니다.

열심히
할 거야!

열심히
…!!

!!!

….

부끄러
우세요?

예

30개 못한 게
더 부끄러운 겁니다.
다시 집중하세요.

헛…!
네…!

역시 관장님은
좋은 사람이야.

열심히
해야지!

부장이
가고난 뒤.

크하하
하하하
하하하
하하하

OFFICE

하하하
하하하
!!!!!!!

?

자신의 의지를 믿고
술자리에 가는 건
초보자가 스키장
상급 코스 슬로프에
타는 것과 같다.

올라갈 땐
마음대로지만
내려올 땐
만신창이가
되는 것이다.

흐….

흐흐….

0.5kg밖에
안 늘었어….

이 날 이후 부장은
술자리를 최대한
피하리라 다짐했다.

13. 술은 왜 운동에 나쁜가?

간은 각종 합성 · 이화 작용과 에너지 대사에 관여하는데, 술은 이를 방해합니다.
술의 주성분인 알코올은 몸에 이로운 점이 전혀 없다고 합니다. 술이 몸에 좋다고 우기시는 분이
계신데, 그건 거짓말입니다. 외로움을 잊고 싶을 때만 드세요.

간은 근육 성장에도 중요한 역할을 합니다. 섭취한 영양소의 일부는 글리코겐이라는 물질로 간에
비축되어 운동에 필요한 에너지의 대부분을 공급합니다. 또 간은 단백질과 아미노산의 분해 · 합성을
담당합니다. 알코올을 마시면 기분이 좋아지고 100kg짜리 바벨도 번쩍 들 것 같은 용기도 생기지만,
신체에는 독성 물질입니다. 이것이 들어오면 간은 "으악, 주인놈 독을 먹었어!"라며 열심히 해독
작용을 합니다. 거기에 온 힘을 쏟는 동안 에너지 대사가 낮아지므로 운동 효율이 떨어집니다.
또 근육 성장에 필요한 단백질, 아미노산의 분해, 합성이 저하됩니다. 따라서 술을 규칙적으로 마시고
운동을 하면 효과가 아주 떨어지게 되지요.

가능하면 술을 끊고 운동에 전념하는 편이 좋겠지만, 부득이하게 술자리를 하게 되면, 다음 날은
운동을 쉬는 편이 좋습니다. 체내에 들어온 알코올이 분해되는 데는 섭취한 양에 따라서 12~24시간
정도 걸린다고 합니다. 그동안 간이 얼른 알코올을 해치워버리는 데 전념하도록 해주고, 이틀 후에
열심히 운동을 합시다. 굳이 운동을 하겠다면 강도가 세지 않은 유산소 운동을 하세요.

14. 술자리는 어떻게 대처할까?

사회인은 술자리를 피하기 어렵습니다. 어떻게 계속 피한다고 해도, 결국은 가야 할 때가 있습니다. 그런 분을 위한 지침을 알려 드립니다.

1) 따뜻한 물을 많이 마시자 수분을 섭취하면 일시적으로 배가 부른 효과가 있습니다. 술자리 초반에는 기름진 안주를 먹고, 후반에는 덜 기름진 안주를 먹는 경우가 많습니다. 초반에 충분한 수분을 섭취하여 기름진 안주를 가능한 한 피하면, 섭취하는 총 열량을 줄일 수 있습니다. 차가운 물보다는 따뜻한 물이 좋고, 맑은 커피나 차도 좋습니다. 그렇지만 너무 많은 것을 요구해도 까탈스럽게 보일 테니 따뜻한 물 정도로 만족합시다.

2) 초반에는 채소를 주로 먹자 술자리에 항상 채소가 있지는 않지만 채소류가 있다면 많이 먹어둡니다. 채소는 부피가 커서 만족감을 주고, 식이섬유가 지방 섭취를 줄여줍니다.

3) 그냥 편하게 생각하자 사실 위 두 조언은 덤이고, 이 부분이 가장 중요합니다. 피할 수 없는 술자리는 그냥 즐길 수밖에 없습니다. 다이어트에 대한 부담감을 잔뜩 짊어지고 술자리에 나가면, 그 반작용으로 폭풍 섭취를 하게 됩니다. 나는 안 그럴 거라고요? 오랜 식이 조절에 대한 보상작용으로 반드시 그렇게 됩니다. 당연한 말을 잘난 척하면서 말하는 것 같지요? 심리학적으로 자제력은 개인마다 절대량의 차이가 있지만, 한정된 자원이나 마찬가지라고 합니다. 마음에 자기 억압이 없을 때 자제력이 최대한 발휘됩니다. 즉 "오늘 술자리는 조금만 먹고 빨랑 튀어야지"라고 아침부터 되지도 않는 다짐을 할 때부터 자제력은 소모되는 것입니다. 오히려 "음. 오늘 술자리가 있네. 적당히 먹어야겠어"라고 생각하며 미리 스트레스를 받지 않는 편이 폭식을 방지한다는 뜻입니다. 이런 맥락에서 술자리가 있다고 당일 아침, 점심을 적게 먹거나 거르지 마세요. 그것이 자기 억압이 되고, 결국 폭식으로 이어집니다.

〈다이어터〉 1권 309쪽에서 치팅 데이에 대해서 이야기했습니다. 피할 수 없는 술자리가 있는 날은 그동안 썼던 식단일기와 다이어트 일정을 체크하고, 술자리 자체를 치팅 데이로 삼아 즐기는 마음으로 임하세요. 어차피 돌아올 치팅 데이라면, 며칠 시간을 변경해도 큰 차이는 없어요. 대신에 원래 계획했던 치팅 데이에 식이 조절을 하고, 운동을 열심히 하면 됩니다. 물론 절대 맘 놓고 폭식하라는 뜻은 아닙니다. 술자리가 있던 날부터 며칠 동안은 기름진 음식 섭취로 에너지가 풍부할 테니 폭풍 운동으로 근육에 투자합시다.

날씬한 걸 좋아하는 사회의 환경은
살찌는 식당들로 가득하니 이것 참 아이러니다.

살 게 없어….

먹을 게
없어….

먹을 게
없어….

먹을 게
…

먹을 게
이렇게 많은데
먹을 게 없다니?

살 게 없어….

수지가 편의점에 들어가서
살 게 없다고 고민하는 일이
생길 줄이야.

이건 얼핏 봤을 땐
몸에 좋아
보이도록
머리를 썼지만…

애초에 박스에
담겨있는
음식들 중
제대로 된
것들은 거의
없었어.
경험상….

그럼 그렇지.

영양성분
열량 330
탄수화물 53g(16%),
당류 17g, 단백질 6g(10%),
지방 10g(20%),
포화지방 7g(47%)
트랜스지방 0g,
나트륨 290 mg(15%)

건강한 씨리얼 바

장기간 식이 조절을 하다 보니 식품 구입의 기준도 변해갔다.

5F	큰 헬스장
4F	현동 안과
3F	현동 약국
2F	제시카 키친
1F	로비
B1	식당
B2	주차장

띵

위이이이잉

올라 갈 거죠?

어여 들어와요, 들어와!

괜찮아요!

계단으로 올라갈 거니까! 허허!

허허···. 참···. 별일일세.

처음엔 그냥 철없는 아저씬 줄 알았더니….

네온비 관장이랑 PT 하면서 사람이 달라졌네.

안녕~ 수지 씨~.

안녕하세요. 부장님.

요즘 열심히 하시네요!

그래, 그래. 허허허….

하나

둘

셋

넷~

아빠 미소

….

저 아가씨가 그리 좋아요? 설마 진심으로?

뭐…. 그냥….

긁적 긁적

에이~ 심했다.

나이 차가 몇인데 ??

나… 나이가 많으면 혼자 좋아하는 것도 안 됩니까?

수지 씨는 예전에 나를 매일 편들어 줬단 말이에요.

다른 직원들이 다 싫어하는 나를…. 챙겨주고….

좋아하는 게 아니라 잘해줘서 고마웠던 거 아니유?

뭐라고요?

아니, 요즘은 수지 씨가 젊은 사람이랑 같이 있어도 별로 질투도 안 하고….

네온비 관장이랑 요즘 잘 지내는 것 같던데 그것도 잘해줘서 고마운 거 아닌가…? 안 그래요?

?!

호호호. 보기보다 귀여운 구석이 있으셔. 호호.

쓰, 쓸데없는 소리 하실 거면 조용히 뻥튀기나 마저 드쇼!

삑 삑 삑

9.8 SPEED km/h

허!

참나!!

이거 원!!

아줌마가 못하는 소리가 없네…!

시간이 잘
안 가는군….

숨도 차고….

후아

후아

후아

힘들어….

이 나이에
내가 귀여워?
귀엽다고??

호호호
귀여운 구석이
있으셔

정말
주책 없는
아줌마야!

아직 혼자 운동이
어색하기만 한
부장.

봐주지 않으니
어쩐지 섭섭함

….

잘하셨어요,
갈수록 느시네요.

하하하.

오늘은
코어 운동과 스트레칭
위주로 하자.

균형 감각도
키우고, 몸을 더
예쁘게 만들어줄 거야.

네
네

비만인 사람의 몸은
근육과 지방의 비율 말고도
여러 가지 문제가 있다.

그중 하나가 몸의 균형이 흐트러진 것.

돌아가긴 하지만 그대로 사용하기엔
어딘가 곤란한 컴퓨터가 되는 것이다.

코어 운동은
몸의 중심(core) 근육을 강화시켜
균형 감각을 잡아주며

운동을 더욱더 잘할 수 있도록 도와준다.

한마디로 몸을 최적화시키는
운동이라고 생각하면 된다.

마운틴 클라이머

(1) 팔굽혀펴기 자세로 엎드려서 발끝부터 머리끝까지 일직선을 유지한다.

(2) 몸통 자세를 유지한 채 오른발을 들어 가슴 쪽으로 무릎을 끌어당긴다.

(3) 다시 시작 자세로 돌아가서 왼쪽 다리도 같은 동작을 수행한다.

2, 3을 빠르게 반복한다.

처음이니까
15개씩
3세트로
시작해보자.

새로운 운동은
언제나 설렌다.

네!

짝!

빠르게!
빠르게!

짝!

하나!

짝

괴물한테
잡아 먹히기
직전이야!

아양

!!

짝

짝

물리겠어!
물린다!
물린다!!

으아아아!!

도망가
도망

쩌
쩌쩌

....

저거 할 만
하겠는데….

재밌겠다….

?

슬금
슬금

....

쩌
쩌
쩌

아…아니…. 지금 뭐하시는 거죠?

몸에 좋은 운동이라기에….

이 운동 특허라도 있는 거 아니죠? 같이 좀 합시다.

아니…. 그럼 나랑 신수지가 없을 때 하든가….

…….

이건 돈 안 받죠?

따라하면 안 됩니까?

안 되는 건 아니지만….

…….

뭐…. 맘대로 하세요.

좀 날파리 같긴 하네요.

뭐?

흥!

척

아랑곳하지 않는다.

척 척

척 척

척

15x3set 완료. 잠깐의 휴식 시간.

마운틴 클라이머… 산을 오르는 동작….

운동 용어는 어려워 보여도 알면 알수록 재미있어….

다음 운동은 플랭크야.

일단 내가 먼저….

도르르

시범을….

슬금 슬금

아 좀 옆에서 따라하지 말라고!!!!

이 아저씨 진짜!!!

쾅!

으으악

…시범을….

시범을…. 뭐요?

아, 미안.

부장이 아니꼬웠지만 그냥 무시하기로 한 찬희.

일단 바닥에 엎드려서.

플랭크

이 자세로 30초~1분 정도 그대로 버틴다.
3세트 정도 반복하면 된다.

이 부분에
체중을 실어준다.

집에서도 틈틈이 할 수 있는 좋은 운동.
간단한 운동이므로 하루 3분 시간을 내 보자.

복부에도 좋다! ^^

보…복부에
엄청난 힘이
들어와….

끄으윽….

아저씨도 좀
따라하려면
제대로 해요.

엉덩이로
하늘 찌르겠네.

콕 콕
콕

크으윽….

내려,
내리라구요.

덜
덜

수지야, 춥니?
왜 이렇게
부들부들 떨어.

덜 덜
덜
덜

그…그냥
몸이 저절로 막
떨리는데요….

좋아요,
앞으로
10초!

몸에
지진 났네,
지진 났어!

으음

끄으응

?

어?!
뭐지?

같이 해도
되는 건가?

나도
해야겠다!

잘하고
있습니다.

20, 21,
22….

어?
뭐지?

나도
해야겠다!

나도
해야겠다!

나도
….

우르르

나도
….

….

이 상황은
뭐지?

오오오‥

아아…

광신도들
같군…

우우우‥

아아….
어쨌든 기분 좋다….

정식 트레이너가
된 기분…!

권력의 기쁨을
만끽 중

……

회원들이 GX수업을
좋아하는군…….

개설해봐도
좋겠는데?

회원들을
더 모으기도
좋을 것 같고….

프로그램도
다양하게….

*GX: Group eXercise
강사 한 명에 회원 여러 사람이 함께하는 운동이다.

GX를 생각
중이시라고요?

그래, 그래.
홍보 팜플렛
하나 만들어 봐.

싫어요.
귀찮잖아요.

빌딩 살 때
까지만
참는 거다.

빌딩 살 때
까지만…

빨리 만들어
오겠습니다.

툭덜
툭덜

후후…

216

선생님. 밤새 안 자고 뭐 하세요?

아, 관장 놈…. 아니 관장님이 뭔가 시킨 게 있어서.

낮에 좀 주무세요.

안 그래도 그럴 거야.

오늘은 꾸미지 말고 걸어가라.

네. 다녀오겠 습니다.

한가한 평일 오전의 헬스장.

그래….

네온비의 GX

당신의 활기찬 인생을 책임집니다!!

야호

스트레칭, 근력강화

이걸 만들어서 500장이나 뽑았다고?

네. 돈은 관장님 앞으로 달아 놨어요.

어차피 해야 할 거 밤새서 했죠. 서둘러서.

근방엔 전부 붙였어요.

?

이 자식이 왜 시키지도 않은 짓을 해!

왜 이렇게 쓸데없이 부지런 한 거야!

철썩

철썩

철썩

어휴! 이걸 진짜!

아..??

아, 왜 때려요! 이쁜 짓을 해도 난리야!

…가 아니야.

네?

GX강사를 할 사람이 내가 아니란 말이야.

아, 그럼 진작 누굴 구했다고 말을 하든가.

잡다한 일만 나한테 시키고….

너한테 맡긴 거야.

네?

GX강사.

쏴아아

흐흐흐….
크흐흐흐….

드디어 네온비 관장이 나의 가치를 알아보기 시작했군.

하지만 너무 늦었어…!

이대로 난 큰 헬스장 건물의 주인이 되고 널 청소시킬 거야!

서찬희의 소박하고 꾸준한 야망.

그래… 계단 청소는 끝났나?

예예.

뭘 멍하니 서 있어?

예?

건물 복도도 해야지!!

눈치 없는 놈!!

크하하 하하하 !!!!!!!!!

아이구…

크하하 하하하 하하하 !!!!!!!!!

좋아.
수지에 대한
자료도
차곡차곡
모이고 있고
….

꾹

사진부터
각종 치수까지
꼼꼼히 기록해
뒀으니까….

슬슬 개인 블로그를
만들 때가 됐어….

나를 어필하며
홍보할 수 있는
공간…!

블로그 이름은
<트레이너 서찬희의
매일매일 블로그>

탁

탁

신수지의 자료는
수지가 다이어트에
성공하면 그때
올리자.

이 블로그가 활성화 될 때쯤엔
신수지가 다이어트에 성공하고
난 인터넷 유명인사가 된다.

인터뷰 요청도
쇄도할 거고….

운동도
꾸준히 해야 하니
인터뷰는 하루에
한 번만.

그렇게 인지도를 쌓아나가다가
공중파 방송의 게스트나 패널
역할부터 시작한다.
바로 MC 자리를 맡을 순 없겠지.

어떻게든
3개월만 얼굴을
비칠 수 있다면
그때부턴
모든 게
일사천리야.

더 유명해지면 책 출간도 시간문제지. 운동 방법 끝에는 자서전 비슷하게 에세이도 넣고, 그래도 페이지가 남으면 섹시 화보도 넣을까. 초판은 5만 권은 찍자…!!!

서찬희의 완벽 다이어트

출간 즉시 베스트셀러!!

누구나 S라인이 될 수 있 ☆ 찬의 코치와 함께하는 즐거운 운동법

당연히 금방 다 팔리겠지만 안전하게 가는 거야. 책값은 15,000원 정도로 해야지.

출간 즉시 베스트셀러가 되면 잘 나가는 책 코너와 헬스 코너 두 군데에 비치가 돼서 더 잘 팔릴 거야.

닭가슴살 브랜드도 런칭할 거야.

CHAN DAK
무방부제
250g
250g

CHAN DAK

그래…. 이름은 찬닭 정도가 좋겠어. 닭고기가 차가운 느낌을 주지 않도록 패키지는 무조건 노랑으로 가야지. 아무 양념도 넣지 않고 순수한 닭가슴살만을 위생적인 환경에서 조리해서, 조리과정과 포장은 인터넷 VOD 생중계를 하자.

'찬닭은 믿을 수 있어, 제일 깨끗해!!' 이런 이미지를 은근슬쩍 구축해 가는 거야.

10개 사면 11개 증정. 20팩 SET는 23개. 스티로폼 박스에 얼음팩을 넣고 신선하게 당일 배송하자. 친구들이 택배 업계에 종사하고 있으니 배송비는 좀 깎아주겠지?

실시간 이슈 검색어

1 찬닭 매출   NEW
2 서찬희   ↑38
3 다이어터   ↑48
4 성시경 음악도시   ↑25
5 샤이니 컴백   ↑102
   기효씨 결말

실시간검색 1위 정도는 문제없겠어. 믿을 수 있는 깨끗한 찬닭을 모티브로 광고도 찍어야지.

네온비 관장은 고객센터 전화 업무를 맡기자.

욕은 네온비가 다 들어야 해.

찬닭=CHAN DAK

곧 배송 됩니다.

죄송합니다….

급신 급신

헬스만으론 부족해.
새로운 분야에도
과감히 도전한다!

요가나
필라테스를
공략해서
왕창 팝자.
왕창, 왕창
….

어줍잖게
현실적인
찬희의 끝없는
망상.

어쨌든 이 모든 것을
이루려면
수지의 다이어트가
성공해야 하는데….

요즘
신수지는
체형 변화
시점부터
왠지
해이해졌어.

꾸미는 게
나쁘다는 건
아니지만.

걷기 운동도
매일 하더니
요즘엔 고작
일주일에
한두 번….

독설을
할까?

이대로 안주해 버리면 다시 예전처럼
먹고 마시는 건 시간문제야.

정신
차려.
이
돼지야!

….

충분히
잘하고 있는데
그럴 필요까진
없으려나….

흐음…

뭐,
식이 조절은
잘 하고
있는 편이니
조금 더
두고 보자.

으으.
이제 좀
자야겠어.

어쨌든 신수지는
좋은 샘플이야.

수지 씨, 요즘
SBC의 <고도비만
살빼기 대작전>
봐?

네.

그거 보니까
트레이너들
완전 무섭더라.

그렇게
혼나면서
운동을
어떻게
하지?

하긴….
억지로 하는
운동은 오래
못 가니까요.

난
못할 거야.

수지 씨는
운동이
즐거워?

조금씩요.

두쿵

두쿵

두쿵

두쿵

…

그래, 튀김을
참은 건 잘했어.

좋아,

잘했어!

잘했어!

표준체중을 찍기까지,
긴 시간 동안 다이어트를 하다보면
포기하고 싶은 순간도 많지만….

이 다이어트를 계속 지속할 수 있도록
도와주는 건 무조건적인 쓴소리가 아니야.

각자 생각은
다르지만
수지와 찬희는

역시….
선생님은
좋은
사람이야….

목표를 향해
천천히 한 걸음씩
내딛고 있다.

15. 나에게 맞는 운동 강도는 어느 정도?

부장님처럼 처음부터 욕심을 부리고 과하게 운동을 하면 다치기 쉽습니다.
근육통은 물론이고, 처음에는 몸의 균형이 맞지 않으므로 각종 골절이나 부상도 쉽게 입습니다.
체중이 많이 나가면 위험은 기하급수적으로 늘어나고요.
그런 분을 위해서 첫 운동 측정법을 소개합니다.

유산소 운동

걷기, 달리기, 자전거, 러닝머신 등 종목은 관계없습니다. 숨이 차지 않는 정도로 1분간 운동해봅니다. 숨이 찰
듯 안 찰 듯 그 지점이 적당합니다. 그 강도로 20~30분 정도 운동합니다. 해보면 알겠지만, 이만한 강도라도
처음이라면 상당히 힘듭니다.

근육 운동

맨몸 운동 – 자신이 할 수 있는 최대량을 해봅니다. 가령 윗몸 일으키기 30회가 최대량이라면,
이것의 60%, 18번 3세트가 기본입니다.

중량 운동 – 자신이 1회에 들 수 있는 무게의 60% 정도가 적당합니다.
가령 10kg 덤벨을 딱 한 번 들 수 있다면, 6kg으로 12회, 3세트를 하면 됩니다.

매주 체력을 측정하고, 기록을 남깁니다. 찬희가 그랬던 것처럼, 그래프를 만들면 효율적인 관리를 할
수 있고 목표도 명백해집니다. 한 번 해봤다가 체력 측정을 게을리하면 태만해지기 쉽습니다.

이 지침은 가장 기본적인 방법입니다. 운동에 익숙해지면 다양한 방식으로 새로운 시도를 해보세요.
보다 정확한 측정은 심박수를 기준으로 삼지만, 그것은 〈다이어터〉 3권에서 다루도록 하겠습니다.

뽕

슥슥

이곳은 수지의 몸속 나라.

별지방이는 아직 소식이 없니?

아.

네…. 아직….

꽃지방

참 괜찮은 녀석이었는데…. 작은 지방이 되어서 내려오겠구나.

착해지지만 않으면 좋으련만.

꽃지방의 아빠

꽃지방과 별지방은 친구였다.

별지방은 쓰레기 정리하다 하늘로 떠올라 버렸지만.

너도 항상 떠오르는 일 없게 조심하거라.

….

꾸밀 시간에 근육 마을 쓰레기통이나 한 번 더 걷어차고.

맨 처음 불이 붙거나 하늘로 올라가는 현상이 일어났을 때,

이대로 영영 사라지나 싶어 지방들은 걱정했지만

지방이 완전히 사라지는 일은 일어나지 않았다.

퉁

퉁

수지처럼 어렸을 때부터 비만이 지속되면,

수지

보통 여아

몸속의 지방세포가 늘어나게 된다.

소아 비만을 벗어나지 못한 채 성장하면 늘어난 지방세포들이 그대로 커진다.

남들보다 지방세포들이 크고 많기까지 하니 더더욱 살빼기 어려운 몸이 되는 것이다.

이젠 빠질 때도 되지 않았나?

이것은 소아 비만을 경계해야 하는 이유이기도 하다.

하지만, 이미 많아진 지방세포라도 식이요법과 운동을 통해 크기를 줄일 수 있다! ^^

자네, 늦었구먼!

하하, 그렇게 됐네 그려.

...

미안 미안

꽃지방 아빠, 출근 중.

어디….

스윽

두리번

두리번

저놈…. 저놈이 문제야.

꼬마근육 말이지?

그래, 저 녀석이 앞장서서 근육들 선동질을 하고 있다고.

가끔 태풍이 마을을 덮쳐도 금방 복구하면서 오히려 점점 발전한다니까.

지금도 보수할 곳을 찾아다니고 있군.

이놈…. 이 눈엣가시 같은 꼬마근육놈.

....

어쨌든 우리는 끝까지 지방대장님을 지키는 일에 온 힘을 기울이자고!

불끈

좋아, 오늘은 더 이상 보수할 데가 없구나.

꼬마근육아! 오늘 운동은 몇 시니?

시간이 남으니 수지나라 간판을 청소해야겠어.

많이 낡았네.

welcome to 수지나라

저녁때쯤요?

그리고 두 시간 뒤에 수지가 음식을 먹을 테니 사람들과 함께 돈 받으러 갔다 오세요!!

그래, 알았어!

안녕?

…지방이잖아?

무슨 일이야?

슬금

슬금

아, 나는 꽃지방이라고 해.

작업을 도와줄까?

도와주고 싶어.

…??

…어…. 그래…. 뭐….

도와주면 좋고.

welcome to 수 지 나 라

워적 워적

welcome to 수 지 나 라

뚝딱 뚝딱

삭 삭 삭

welcome to 수 지 나 라

휴~!

고마워. 지방에게 도움을 받을 줄이야.

지, 지방들이 항상 나쁜 일만 하는 건 아니야….

샐쭉

대부분의 큰 지방들은 여전히 쓰레기통을 걷어차고 다녔지만….

에잇

우랍

에잇

....

작은 지방들은 달랐다.

빨리! 빨리!

뽈 뽈 뽈

힘을 내요!

우리가 여기서 비켜줘야 물이 잘 나올 것 같아!

오오오오

비옹

떽떼굴….

팡

와아

동맥경화 해소

예쁜 꽃이 피었군요.

아름다워요.

오오….

물을 줘야겠어요!

전 벌레를 잡겠습니다!

난 잡초를 뽑겠소!

무럭 무럭

지용성 비타민 흡수에 도움

큰 지방들로선 작은 지방들의 행동이 이해가 되지 않았다.

평화파 출범.

작은 지방 연합회

-왜 우리는 근육과 싸워야 하나?-

어차피 같은 신수지의 몸!!!

우리도 좋은 일을 많이 합시다.

옳소!

언제까지 잉여 취급을 받을 수 없지.

왕정파 출범.

지방 대장님을 무조건 지켜야 해.

세상이 기울어져도 대장님을 지키자고!!

근육 이 개자식들…. 나쁜 놈들….

원랜 다 우리 거였는데 우리 것….

작은 지방은 전부 평화파였지만 큰 지방이라고 전부 왕정파는 아니었다.

비록 소수에 불과했지만 평화파를 지지하는 큰 지방도 있었다.

꽃지방은 평화파였다.

자. 이건 내가 직접 키운 화분이야.

어. 응…

나와 친구 해 줄래?

지방 대장님도 한때는 이렇게 꽃을 키우는 게 취미였다고 들었어.

….

232

언젠가 우리들도…

잘 어울려 살 수 있는 그런 날이 왔으면 좋겠어.

welcome to
수 지 나 라

허허, 웬 화분이니?

…아빠.

지방이 꼭….
전부 나쁜 녀석들은 아닌 것 같아요.

단백질, 탄수화물과 더불어 지방 역시 몸을 구성하는 3대 영양소중 하나입니다.

그러니 너무 우리를 미워하지 않으셨으면 좋겠어요….

우리들은 에너지 저장, 단백질 절약, 체온 조절 등의 중요한 역할을 맡고 있어요.

곧 전부들 착해질 테니까요!!

수지나라에 손해만 끼치는 건 아니랍니다.

TIP 지방은 되도록 아침에 섭취하세요.
몸에 축적되는 것을 줄일 수 있답니다.

지금도 너무 많은데 또 들어오면 슬퍼요.

끄응….
어제 복부운동을
열심히 했더니
배가 좀 땡기네
….

하지만 이젠
아무렇지도 않으면
그게 더 허전해
….

띵동

오늘 운동
빡세게
할 거야.

저녁은 약간
가볍게 먹는 게
좋겠네.
꾹 꾹꾹

휘잉

야~ 아주
시원하다!

망했네.
망했어.

정말
끝도 없이
부서지는
군요.

팡 팡 팡

거듭되는 공사에
단련되는 근육들.

작은 지방 연합회.

이번 복구가
끝나면
근육 집 앞에
잔디를
심어줍시다.

화분도
선물
합시다.

좋습니다.

좋아요.

말 나온 김에
오늘 저녁엔 친환경
봉사모임에 대한
토론을 하는 건 어떨까요?

훌륭합니다.

훌륭해요.

....

딱

졸지 말고
똑바로 들어!

정신 빠진
것들!

방 공호 이용법

으으

한편,
큰 지방들도
수지의 체지방
감량에 맞서
나름의 대책을
세우고 있었다.

수지가 운동한다 싶으면 이 방공호 안으로 대피해라.

끼익

방공호 위치는 지도를 보고 숙지하도록!

요렇게 들어가 숨었다가.

탁

열고 나오면 된다.

안에서 잠그면 바깥에선 열리지 않지.

끼익

쿡 쿡 쿡 쿡

바로 이럴 때가 수지가 운동하는 시간이다!!

방금 배운 대로 모두 대피해!!

두 두 두 두

어서 닫아!

자, 잠깐!

다 다 다

236

수지 자식이 아무리 운동해봤자 우린 잠시 동안만 버티면 되는 거야.

캬 캬 캬

파라! 파라! 계속 파라!!

방공호 최고야!

방공호만으론 부족합니다. 아직 충분하지 않아요.

어이, 그거….

넵!

삐 삐 삐 삐

지방 여러분. 수지의 운동징후가 포착되었습니다. 신속히 가까운 방공호로….

특별예산으로 도입한 운동 예보 시스템입니다. 미리 대피할 시간을 벌 수 있죠.

어떻게든 정체기로 끌고 가려는 그들의 속셈…!!!

ㅋㅋㅋ

ㅋㅋ

ㅋㅋ

ㅋㅋ

ㅋ

대장님!

그래, 염탐은 잘했겠지? 읊어봐!

척

더는 작은 지방들을 두고 보면 안 됩니다.

그들은 이미 아군이 아니에요.

정신 교육이 시급합니다!

은신처도 찾았고요.

작아졌다고 정신까지 빠져버린 거로군….

모두 잡아와라.

평화
화합
공존

작.지.연
작은 지방 연합회

맞아요. 우리 지방들이 적절히 있음으로써 수지의 체온이 잘 유지되고 있는 거지요.

자, 그럼 다음 사람이 건강한 수지를 만들기 위한 의견을 말해봅시다.

안녕하세요! 작지연 여러분!

요깃거리를 좀 가져 왔어요.

항상 고맙군요.

뭘요.

아, 그리고 오늘은 친구를 한 명 데려왔어요…. 자, 들어와.

안녕하세요…!

그때 나를 끌고 갔다 한들 뭔가 달라졌을 것 같습니까?

수지가 식이요법과 운동을 그만두지 않는 이상….

이 나라는 이제 두 번 다시 당신들이 원하는 방향으로 흘러가지 않을 겁니다.

방공호 따위로는 이미 바뀐 흐름을 되돌릴 수 없어요.

지방 대장의 권력을 아주 조금 더 연장시킬 뿐.

당신도 한편으론 우릴 부러워하고 있는 게 아닙니까?

과거에 근육이 되고 싶었던 단백질이었다는 얘기가 있던데….

근육이 되고 싶었지만 지방으로 변해버린 것도 모자라….

지방 대장의 환심을 사기 위해 행동 대장 역할 이라니….

닥 쳐 !!

아, 아니…?

네가 왜 여기 있는 거냐?

아, 아빠 ….

16. 인터벌 트레이닝이란?

인터벌 트레이닝은 이즈미 타바타 교수가 개발한 트레이닝 방법입니다.
이 운동법은 짧은 시간에 극도로 근력을 단련합니다. 또 총 운동 시간이 4분에 지나지 않습니다.
여러분도 당장 인터벌 트레이닝을 시작하세요! 그 운동법은 다음과 같습니다.

근력 인터벌 트레이닝 (스쿼트)

[풀 스쿼트 20초 (할 수 있는 최대 속도와 횟수) + 휴식 10초] X 8회

감이 좋으신 분은 눈치를 챘을 겁니다. 이것은 초심자가 소화할 수 있는 운동량이 아님을요.
이 운동을 처음 한 사람은 다음 날 제대로 걷지도 못할 정도로 극심한 근육통에 시달립니다.
원빈이나 김태희 같은 미모의 트레이너가 시킨대도, 끝나면 한 대 후려치고 싶을 만큼 힘듭니다.
그렇지만 그 효과는 절대적입니다. 칼로리 소모도 엄청난 데다가 근성장도 독보적입니다. 체력에
자신이 있다면, 짧은 시간에 아무 곳에서나 운동할 수 있는 만큼 경제적이기도 합니다. 이러한 훈련을
고강도 인터벌 트레이닝[HIIT(히트):High Intensity Interval Training]이라고 합니다. 스쿼트 외에도
여러 조합으로 운동할 수 있습니다.

왜 이런 힘든 것을 시키냐고요? 이것은 고강도 훈련에 국한된 이야기고,
초보자도 변형하여 다양한 운동에 적용할 수 있습니다.

초보자 달리기 인터벌 트레이닝

[전력 달리기 50m + 빠르게 걷기 50m] X 5세트

이렇게 저강도 인터벌 트레이닝도 가능합니다. 인터벌 트레이닝의 최대 장점은 단순한 세트로
비슷한 운동을 했을 때보다 열량 소모량과 운동 효과가 크다는 점입니다. 신체는 반복적이고 변화가
적은 운동에 쉽게 적응합니다. 운동 중이라도 신체가 안정기에 들어가면 에너지 소모가 상대적으로
떨어집니다. 대신에 변화무쌍한 운동을 하면 신체가 적응하기가 어렵고 그만큼 열량 소모가
늘어납니다. 만약 러닝머신에서 지루하게 30분을 채웠던 분들은, 속도를 올렸다 내렸다 바꾸면서
새로운 인터벌 트레이닝에 도전해 보세요.

운동에 익숙해졌다면 위에서 소개한 스쿼트 인터벌 트레이닝도 꼭 해보시길 바랍니다. 언제까지 쉬운
것만 하면 발전이 없잖아요? 내 몸의 새로운 능력을 개척하세요.

서찬희의 정신나간 GX 포스터 때문에 회원이 조금 늘었다.

여기서 희안한 GX를 한다면서요?

눈이 그렇게 따로 굴러 갈 수 있나요?

다리가 그렇게 벌어지나요?

....

서찬희 이 자식.... 너 때문에 내가 어쩔 수 없이 수업을 떠맡게 됐잖아...!!!

수지야. 수지야. 빨리 나와라.

옷 갈아입는 게 왜 이리 오래 걸려?

...시선이 느껴진다....

G·X ROOM

어쨌든 잘 오셨 습니다.

가볍게 스트레칭부터 시작합시다.

둘씩 짝을 지어 보세요.

웅성 웅성

안녕 하세요.

안녕 하세요.

꾸벅

같이 해요.

아유!

그럼요.

....

....

그리고 그동안의 수지의 감량 그래프.

세 끼를 다 챙겨먹고 빼는 데는 역시 한계가 있는 건가…?

계속 열심히 하고 있는데 왜 빠지지 않는 거야…?

왜 74kg에서 더 내려가지 않는 거지?

다이어트 프로그램에선 매주마다 몇 kg 이상씩 계속 감량 하잖아…!

일주일에 2kg밖에 못 뺀 오민준씨는 탈락입니다.

크어억

왠지 모두 이런 옷을 입음

나태했던 제 책임이 가장 크고….

훌쩍

아냐! 아니라고!

그게 얼마나 대단한 노력의 결과인데….

일주일에 2kg씩이나 빼는 건 나태한 게 아니야!

선생님이 기다리겠다….

끼이…

쿵

차악…

차악…

차악…

이게 무슨 짓이야! 서로 친하게 지내야지!

왕따는 나빠!

히죽 히죽

하, 하지만 정체긴데....

안녕하세요.

식사는 어떻게 해결하십니까?

....

조.... 조심해....

스륵 스륵

어, 어억?!

우웁

꾸물 꾸물

아이고, 이걸 어째!

멍청한 녀석!

헌데벌떡

정체기에 휘말린 녀석들은 짧으면 일주일, 길면 몇 달 후에나 구조될 수 있었다.

어떻게든 꺼들고 싶은 정체기.

......흐흐흐흐.

으흐.

히히.

그것만은 사양하고 싶은 근육...!

......

그 둘의 불꽃 튀는 신경전....

차악...

차악...

차악...

운동 패턴을 외웠으니 깽판을 쳐주마, 이놈들아!!

다다다

앗, 저 자식 기어코 온다!

안 돼, 안 돼!! 못 끼어들게 해!

정체기를 떨쳐내는 방법.

첫 번째.

강도를 높인다.

빨리, 빨리 돌려!

붕붕붕

붕붕

두 번째.

운동 방법에 변화를 준다.

붕붕탁

붕탁

세 번째.

차라리 그냥 푹 쉬어본다.

근돌이가 근순이를 좋아한대.

오. 대박.

근돌이 좀 소심하지 않냐?

....

아 그리고 모 작가들끼리 결혼한다던데.

껴들 수가 없어….

근돌이가 누구야….

사람의 몸은 변화에 의해서만 자극을 받는다.

ㅋㅋㅋ

오, 그래? 그럼 난 매일 다른 운동 해야지 ㅋㅋㅋ

하지만 이런 생각은 무리수.

최소한
몇 주는
무게를
올려가며
패턴을
유지한 다음,

꼬아압

몸이 그 운동에 적응해서
자극이 적어졌을 때
변화를 주는 것이 바람직하다.

이제 운동 패턴을
바꿔 봐야겠어….

변화와 강도.
오늘은 둘 다야.
각오는 단단히
하고 왔겠지?

각오는
했지만
….

스윙보다
힘든가요?

뭐??
스~윙~?

선생님!
선생님!!

그냥 쉽고
재밌는
스윙을 할게요!!

200개
할게요!

300개
할게요!!

…라고 하게
될 거야.

방금 그거
제 흉내
낸 건가요?

그럼
누구겠어?

….

오늘 배울 운동도
유산소와 무산소를
동시에 한다.

각오는 됐겠지,
징징아?

네가 왜 여기 있는 거냐….

아빠….

그동안 아빠 몰래 작은 지방들과 어울리고 다녔단 말이냐…!!!

긴급상황!

긴급상황!

애애애앵

신수지의 운동이 감지되었습니….

치직….

치지지직….

이제껏 겪어본 적 없는 고강도의….

운동….

이, 일단 모두 대피하라!!

두두 두두 두두

너도 빨리 와!

꺄악!

어쩐지 경보기 상태가 이상한데요. 대장님…?

쿠쿠쿠

방공호를 향해 달리는 지방들.

빨리, 빨리!!

두두두두두

평소 하던 대로 하면 된다!!!

하나요!!

폴짝

둘이요!!

풀쩍

셋이요!!

뱅글

넷!!

다섯!

쏙

쏙

쏙

여섯…!

ㅋㅋㅋ

훈련한 보람이 있군.

다 들어왔나?

아뇨!! 아직….

다다다

기, 기다려 주십시오.

잠깐만…!

헐떡 헐떡

252

버피 테스트

전신 근육을 사용하는 운동.

스윙과 마찬가지로 유산소+무산소 운동의 효과가 있으며
최단 시간에 최고의 칼로리를 소모한다.

세트 사이의 휴식이 아주 짧으며
흔히 "악마의 운동"이라고 불린다.

숙련자는 엎드릴 때 푸시업을 포함해도 좋다.

초보자의 경우 ①~⑤를 15회 반복한 후 30초 휴식이 1세트.

보통 3세트가
기본이고
체력에 따라 횟수와
세트 수를 조정하면
됩니다.

매일매일 하면
정말 살이 쫙쫙
빠지겠군요!!

과연 몸이
버텨낼 수
있을까?

몸에 무리가 많이 가는
운동이므로,
과도하게 하면
현기증이나 어지러움이
동반될 수도 있다.

너무 자주 하면
피로가 누적되니
일주일에 1~2회 정도
하는 것을 추천.

* 초보자의 경우 마지막 점프는 너무 힘들면 생략해도 된다.
(물론 하는 것이 효과는 더 좋다.)

버피테스트 2세트를 겨우 마쳤을 때….

수지는 땀이 물을 끼얹은 것처럼 흐르고 있었다.

차오르는 숨…!

따갑고 아릿한 목구멍…!

입으로 튀어나올 듯한 심장…!!

우우웁!!!

왝!

우웩!!!

괜찮아?

이건 원래 이런 운동이야….

원래 그런 거로 생각해, 그럼 좀 편하니까.

…선생님….

이제 체중이
늦게 빠진다고
불평하지
않을 테니까….

정체기가 와도
괜찮으니까…!
그냥 하던 운동 하면서
천천히 빼면 안 돼요…?

안 돼.

솔직히 말하자면….
네가 25년을
뚱뚱하게
살았다면…,

인생의 1/10은
투자하면서
살을 빼는 게
가장 무난하다고
생각하지만.

신수지….
내가 니 정체기까지
같이 겪어줄 여유는
없단 말이야…!

난 빨리 성공해서
네온비를 청소시켜야 해.
GX 수업 무리하다가
네온비가 병이라도 나면
난 어떡하라고?

…나도
내 인생이
있잖아.

2년, 3년 동안
네 운동만
봐줄 수는 없어.

수지야. 너는 내 첫 번째 회원이지만, 나는 너만 가르치고 끝이 아니야!

난 좋은 트레이너가 되고 싶다.

앞으로 가르칠 더 많은 뚱뚱한 사람, 아픈 사람, 노인, 어린이….

모두에게 건강한 몸을 만들어 주는 그런 사람이 되고 싶단 말이야.

새삼 찬희가 존경스러워진 수지.

…아아.

그런 생각까지…

물론 나한테 돈을 주는 사람들한테만 말이지.

그리고 그 데이터로 책도 내고 DVD도 내고 찬닭도 내야 돼.

…맞아요. 선생님도 선생님의 인생이 있을 거고….

제가 표준체중이 되는 날이 빨리 와야겠네요….

신수지.

너무 겁내지 마. 이 운동은 정말 체중 감량에 좋은 운동이야.

다만, 지금은 익숙지 않을 뿐이야!

너, 어떤 운동을 하든지 처음엔 다 힘들어했잖아?

익숙해지면 모두 괜찮아져.

다 너한테 피가 되고 살이 되는 운동이라고…!

살이 되긴 싫어요….

그래, 그럼 피가 되고 근육이 되는 거야. 알겠냐?

오늘은 좀 무리한 것 같으니까.

다음에 다시 좋은 컨디션으로 도전해 보자.

….

너무 주눅들어 있지 마.

수지는 처음 스쿼트를 할 때를 떠올렸다.

그래…. 익숙지 않을 뿐이야.

피해봤자 지금뿐….

무섭다고, 귀찮다고, 싫다고, 계속 피해 다니다가

결국, 90kg이 넘어버렸던 거잖아…?

이 운동도 익숙해져서 내 것으로 만들어야만 나중에 선생님이 없어도 혼자 할 수 있어……

수지는 기어코 나머지 세트를 해냈다.

괴롭다…!

심장이 입 밖으로 튀어나올 것 같아…….

세상에 이렇게 힘든 운동이 있다니….
이런 운동이 존재하다니…!

자, 수고하셨어요. 마무리 동작을 해 봅시다.

후우 후우

후우

서로 등을 맞대고 서시구요, 손으로 땅을 터치.

일어나서 상체만 오른쪽으로 돌려 상대방의 손바닥을 짝!! 치시면 됩니다.

시~작!!

짝 짝 짝

짝 짝 짝 짝 짝 짝 짝

짝 짝 짝

짝 짝 짝

짝 짝

짝 짝

우히힉!!

크흐흐!!

같이 하는 운동….
정말 재밌다.

나중에
막걸리 한잔
하실라우?

크아~!!
좋죠!!

ㅋㅋㅋ

안주는
파전!!

친하게
지내기로 한
부장과 아줌마.

17. 맨손 운동이 중요한 이유

〈다이어터〉에서 소개한 운동은 거의 맨손 운동입니다. 운동에 익숙해진 분은 무거운 쇳덩어리를 번쩍번쩍 들고, 멋있는 청년(혹은 아가씨) 앞에서 잘난 척도 하고 싶을 겁니다. 그렇지만 기구를 사용하는 중량 운동이 능사가 아닙니다.

TV에서 가끔 특전사나 특공대 군인들의 훈련 방법을 보여줄 때가 있습니다. 그들은 하나같이 군살 없는 몸매와 근육을 가졌습니다. 그렇지만 그들의 정규 훈련에 덤벨이나 바벨, 웨이트 트레이닝은 없습니다. 푸시업과 턱걸이, PT체조 같은 맨몸 운동으로 몸을 단련합니다. 사실 겉보기에 좋은 근육을 단련하는 것은 다양한 맨손 운동만으로도 충분합니다.

그뿐 아니라 맨손 운동은 약간의 공간만 있으면 어디에서도 할 수 있습니다. 헬스장에 가기 싫어서 빈둥댈 때, 잠깐 자리에서 일어나 '인터벌 트레이닝이란?'(83쪽)에서 소개한 스쿼트 프로그램을 4분만 해도 엄청난 효과를 볼 수 있습니다. 또한 맨손 운동은 전신의 근육을 효과적으로 사용함으로써 균형성, 유연성, 협응력도 개선됩니다.

군대를 다녀온 분은 〈다이어터〉에서 등장한 맨손 운동이 군대의 PT체조와 유사함을 느끼셨을 겁니다. 원리적으로 군대의 PT체조와 〈다이어터〉의 운동은 거의 같습니다. 군인 아저씨들도 열심히 하는 운동인 만큼, 효과가 크니까 열심히 하세요. 게다가 헬스비도, 운동기구 구입비도 필요 없습니다. 아낀 돈으로 사고 싶은 것을 사세요. 단, 살찌는 음식은 금지입니다.

물론 바벨과 덤벨, 각종 기구를 이용하는 중량 운동이 무의미하다는 뜻은 아닙니다. 운동의 다음 단계로 가려면 중량 운동이 필수적이며, 기구의 도움이 없으면 단련하기 어려운 근육도 있습니다. 단지 "운동은 꼭 이렇게만 해야 해!"라는 편견은 없어야 합니다.

18. 다양한 종류의 운동을 하자

동의하지 않는 분도 있겠지만, 러닝이나 웨이트 트레이닝은 외로운 운동입니다. 트레이너나 파트너가 없으면 홀로 해야 합니다. 그리고 똑같은 움직임을 반복하는 만큼, 몇 가지 결함도 있습니다.

체력은 다음 7가지 요소로 이루어집니다.

1) 근력: 물건을 들어 올리고 잡고 누를 때 발휘하는 힘
2) 순발력: 던지고 때리고 찰 때 순간적으로 발휘하는 힘
3) 근지구력: 물건을 들거나 반복해 들어 올리는 힘
4) 전신 지구력: 오랫동안 버티며 견디는 힘, 활동력
5) 민첩성: 재빠르게 몸을 움직이는 능력
6) 평형성: 평행 감각과 조정력
7) 유연성: 관절을 감싸는 조직의 탄력성과 전신 가동 범위

유산소 운동과 근력 운동은 근력, 순발력, 근지구력, 전신 지구력에는 향상이 크지만 민첩성, 평형성, 유연성은 상대적으로 향상이 작습니다. 또한 민첩성, 평형성, 유연성을 등한시하면 이 부분이 한계가 되어 근성장의 발목을 잡습니다. 요가나 필라테스, 스쿼시를 병행하는 이유도 유산소 운동과 근력 운동만으로는 채울 수 없는 체력 요소를 보충하기 위해서입니다. 또한 여러 사람이 함께 하는 운동은 상당히 즐겁습니다. 최근에는 헬스 트레이닝에도 다양한 운동을 조합하는 모습이 보입니다.

〈다이어터〉에는 헬스 트레이닝을 주로 소개했지만, 이것만이 운동의 전부가 아닙니다. 각종 구기 스포츠, 격투기, 댄스 등도 살을 빼는 데 좋고 몰입도는 이쪽이 높습니다. 만약 헬스 트레이닝에 재미를 붙이기 어렵다면 다른 운동을 알아보는 것도 좋은 방법입니다. 무엇보다 규칙적으로 운동한다는 점이 가장 중요하니까요.

오늘은 일요일.

먹고 싶었던 것을 한 끼 먹을 수 있는 행복한 날…!

외출할 거야?

네~.

쇼핑도 하고, 맛있는 것도 먹고…. 저녁엔 친구도 만날까 하고….

….

이제 날도 많이 추워지네. 추우니까 감기 조심해야 하는데.

아프면 운동도 못하니까 그렇구나…. 상냥해….

아…. 전 괜찮아요~. 체력도 올라가고 튼튼해져서.

뭐?

이자식 무슨 소릴 하는 거야?

너 말고 나 말이야, 나!

나!!!

과연 트레이닝복 두 벌로 이번 겨울을 버틸 수 있을까….

버텨야겠지. 버티는 수밖에 없겠지!!

나는 수입이 없으니까 말이야. 난 거지야, 거지. 하하하하하!!

정말 감기에 걸려도 싸다니까.

Sea Food Restaurant

아 진짜….
수지야 꼭 그래야
속이 시원하겠니?

굳이 이렇게
옷을 사주고
싶어하니
정말 어쩔 수가
없군.

그래, 신수지. 사실 이건
너를 위한 투자야.
내가 아파서 골골대고 집에만
누워 있으면 그건 너한테
마이너스라구.

말이나 못하면
밉지나 않지….

아, 예-.
예.

쫑알
쫑알

그 옷은
언제 산 거야?

처음 보는데.

아, 이거요….
처음으로 일반
옷가게에서….
산 옷인데….

어울려요?

그래 그래,
예쁘네.

예뻐요?
정말요?

응, 잘
어울린다.

지금은 뭐든지
칭찬해 줄 수 있지.
ㅋㅋㅋㅋㅋㅋ

잘 어울리는 건
사실이었다.

밥부터
먹을까.

전 찜닭이
좋아요,
찜닭!!!

또?

냠냠 냠

여기
음료수
추가요.

맛있당,
행복해…!

오늘은 입가심으로
아이스크림
먹으면 안 돼요?

반은 세금
낼게요.

당연히
안…,

좋아.

살찌는 것을
가끔 먹게 됐을 때
반만 먹는 게
버릇이 된 수지.

하나를 다 먹지 않아도
그 맛을 즐기는 정도에서
만족하도록 노력한다.

으악!!

어울리냐?

멋져?

괜찮아
보여?

MAN
SPOR
WEA

아까운 거
아니지,
수지야? 응??

이제
그만 사요
….

어쩔 수 없잖아~.
겨울은 옷 하나로만
날 수 있는 게 아니니까.

잘
어울리긴
하네.

대신
짐 들어
준다.

아니….
선생님
옷인데
당연히….

또각

발 아파….

또각

또각

또각

또각

신발
불편하냐?

아…. 네,
조금.

아직 몸무게가 많이 나가니까, 발끝으로 무게가 쏠려서 그런 거야.

발 혹사시키지 말고 편한 걸로 신고 다녀.

선생님 때문에 많이 돌아다녀서 그렇잖아요…!

카페에서 조금만 쉬었다 가면 안 돼요?

그럼 괜찮을 것 같은데….

그러자.

아메리카노 한 잔만 주세요. 시럽은 됐고.

엇…?

Plain Vanilla

MENU

난 안 마실 거고. 아이스크림 먹고 또 단걸 먹겠다는 생각은 아니겠지?

일단 뭐든 시키긴 해야 되잖아.

아…. 그렇군요.

선택권이 없군요.

여기 앉아 있을게요.

괜찮아요, 아메리카노 좋아요.

나 잠깐 화장실.

따뜻해.

호로록…

기분 좋다.

선생님과 이렇게 나와서 종일 돌아다닌 게 얼마만이지?

집에만 있으면 답답할 테니까 가끔 같이 나오자고 해야겠다.

271

야, 구두가
너무 불쌍한데….
ㅋㅋㅋㅋㅋ

오빠~.
쉿!
듣겠다.

?

이상하다….
쳐다본 것
같았는데
….

잘못 들었나?
그렇겠지?

기분
탓인가
….

…오빠.

먹고 싶은 거 다 먹고 편하게 사니까 저렇게 되지.

운동도 안 하고 게으르게.

덜 덜 덜   덜 덜 덜

?

....

우는 것 같던데, 어떡해?

괜찮아.

저런 애들은 자극받아야 살 빼는 거야....

세상에 저 다리로 치마를 입고 다녀.... 공해다, 공해.

아하하.

ㅋㅋㅋ   ㅋㅋㅋ

아니, 내가 뭐 틀린 말 한 것도 아니고.

뚱뚱한 건 사실이잖아?

그동안 잘해왔잖아.

날씬해졌다고 운동 그만둘 거 아니잖아.

평생 할 운동인데 하루나 이틀쯤 늦게 빠진다고 우울할 필요가 없잖아.

이건 지옥이야....

끄으으으.......

신수지! 자냐?

찰싹 찰싹

일어나! 유산소 운동 해야지!

허벅지에 자극이 오는 걸 느끼면서 천천히 앉아라!

끄으윽...! 허벅지가 터질 거 같은데!

겨우 두 개째야. 엄살 피우지마.

민폐….

살면서 다른 사람한테 피해 끼치지 않도록 노력 해왔는데….

왜 모든 자기 관리의 기준은 몸매인 거야?

사람들은 과정이 중요하다고 하지만 겉으로 보이는 건 결과뿐이잖아….

날씬하지 않으면 예쁜 옷도 입으면 안 되고….

오늘은 처음으로 옷가게에서 산 옷을 입고 나와서 정말 행복했는데.

높은 구두도 신으면 안 되는 거야…?

완전히 날씬해지기 전까지는 아무것도 하면 안 되는 거야…?

뚱뚱하니까…?

고소 할 거야!

서로 맞고 때렸으면 이쯤 하죠.

아니. 쟤는 지가 갑자기 혼자 테이블에 머리를 박은 거라니까?

….

자해라고, 자해!!

정말이냐?

아니에요, 관장님. 전 그렇게 치사한 사람이 못됩니다.

저 남자가 무지막지하게 때려서 머리가 찢어진 거예요.

지금도 너무 아파서 정신이 왔다갔다해요.

허…!!

아니, 어떻게 애를 이 지경으로 만드나….

솔직히 제가 더 많이 다친 거예요…. 으앙…. 관장님, 흐흑….

뭐, 서로 치고받은 것 같은데 그냥 좋게 좋게 넘어갑시다. 예?

이런 일에 좀 부르지 마라.

거짓말 싫어하는 거 몰라?

죄송해요.

하지만⋯⋯!

하지만 관장님⋯.

됐어.

표정이 다 말하고 있으니까.

잘했다.

…

머뭇
머뭇

…

아.

오셨어요?

발이 너무
아파서….
먼저 왔어요.
미안해요.

핸드폰
배터리도
나가고….

오늘은
피곤해서
일찍
자야겠어요.

….

그래, 뭐….
……
내 옷은?

책상 앞에
뒀어요.

하나 둘 셋
넷…

부스럭
부스럭

털석

ㄷ-

......

......

왜 아무렇지도
않은 척이야,
신수지.

아⋯. 짜증나.

싸아아

철벅
철벅

터벅⋯.

⋯.

화장 안 해?

깜짝!

늦게 일어나서,
하하⋯.

다녀올
게요.

내 얘긴가…?! 난가? 어떡해…. 무서워….

이 안에 뭐가 들었길래 가방이 이렇게 뚱뚱해? 안 무거워?

과제 때문에…. 책이랑, 준비물이랑 노트북까지 넣었더니 ….

무거워 죽겠다.

지겨워….

식단 조절도 지겹고, 운동도 지겹고,

뚱뚱한 나도 정말 지겨워…!

뚱뚱한 게 너무 지겨워!

뚱뚱하지 않다는 느낌은 뭘까?

군중 사이에서도 튀지 않는 느낌은 어떤 걸까…?

74kg인 지금은
그때보다
행복한가?

....

어머, 수지 씨.
눈이 왜 그래?

아.... 어제
슬픈 영화를
봤어요....

새빛은행

뜨거운 찜질이
붓기 빼는 데
좋대.

수지 씨.
잘 가~

내일 봐~

네,
들어
가세요.

신수지!

집에만 있기가
답답해서 나왔다.

밥 하기도
귀찮고.

오늘은
밖에서 먹고
운동가자!

…. 선생님.

저, 이제
…
운동…

안 할래요.

…. 뭐?

찬희가
우려했던
최악의 상황.

수지의
포기!

식이 조절도
지겨워요….

뚱뚱한 몸도
지겹고요.

그냥 여기까지만
하는 게 좋겠어요.

제가
싫어요.

….

신수지, 이 자식…!
이런 식으로 나오면
곤란해…!

너는 좋은
샘플이자

내 야망의
시작점이란
말이야…!

287

그…래, 수지야.

사실…. 그래, 어제 무슨 일이 있었는지 대충은 알아.

나의 6개월…! 나의 시간…!!

그래도….

이제부터 진정한 체형 변화가 시작될 텐데!!

어제 그 멍청한 자식 하나 때문에 나의 6개월이 물거품이 될 순 없어…!! 이런 개자식, 개 같은 자식!!!!

설마 이대로 다이어트를 포기할 생각은 아니지?

힘들게 여기까지 왔잖아.

여기까지요? 다른 사람이 보기엔 90kg이나 74kg이나 똑같아요.

그냥…. 마음이 너무 괴로워요…. 그만할래요.

울먹

다른 사람 눈 때문에 살 빼고 있는 게 아니잖아! 꾸미는 것도 즐겁다면서!

뚱뚱한 게 싫으면 더욱 식이 조절과 운동을 해야지!!!

…저도 알아요, 그런 건…!

그럼 뭐가 문제야! 그냥 쭉 해오던 대로 하면 되잖아.

앞으로 볼 일 없는 모르는 놈이, 생각 없이 지껄인 말 몇 마디가 그렇게 중요해?!

소리 지르지 마세요!!

그냥 지겨워요!! 다!!!

전부!!!

당장 바뀌지 않는 이 상황이! 내 몸이!!

운동을 아무리 열심히 해도

그냥 남들 눈에 당장 보이는 뚱뚱한 몸 때문에 게으른 사람으로 취급받는 게 싫다고요!!!!!!

싫어요!!!!!

그냥 기분이 그렇단 말이에요!!

저는 그러면 안 돼요?!!

팍!

....

크흑

....

....

어쩐지 밀려오는 서러운 감정.

그래.
수지야.

그래서
이제부터는
어떻게
하고 싶은데.

운동도
안 하고,
밥도
안 먹고?

어린애같이
짜증 냈던 건
미안해요….

하지만
속상해요.

너무….
너무
속상해요
….

그동안 노력한 게
아무 의미가
없는 것 같아서.

빨리 살을 빼고
보통 몸이
되고 싶은데….

매일 운동해도
빠지는 속도도
더디고,

과정이
길어지니까
그게 너무
견디기
힘들어요.

……..

…수지야.
심정 충분히
이해한다.

아깐 화내서
미안.

살이
쪘다는 건,
어떻게 보면
아무것도
아니야.

90kg과 74kg이 똑같다고?

아니!

이제 수지 넌 옷가게에서 옷도 살 수 있고 아침마다 두통에 시달리지도 않고 손발 저림도 없어졌잖아.

넌 조금씩 건강해지고 있어. 6개월 동안 매일매일.

멍청한 놈들이 지껄이는 말에 큰 의미를 부여하지 마.

아무 생각 없이 남 따라 툭툭 내뱉는 건 앵무새도 할 수 있어.

?

바보.

바보.

어제 그놈이 말한 건 그 정도의 가치도 안돼.

전혀! 전혀 신경 쓸 필요가 없단 말이야.

…제가 여기서 더 날씬해질 수 있을까요…?

당연하지. 넌 앞으로도 계속 변할 테니까.

이제부터는 1kg, 1kg이 달라.

이것도 그냥 지나가는 과정일 뿐이야. 그러니 포기하지 마라.

길거리의 날씬한 사람들, 신체를 가꾸는 것 자체가 직업인 연예인, 모델을 너와 비교하지 마.

자기 자신에 대한
기준이 엄격할수록
다이어트는
괴로워진다….
지속할 수가 없어.

네가 비교해야 할 대상은
어제의 너 뿐이야.

어제의 너보다 건강해지고
날씬해지면
그걸로 성공인 거다.

매일 매일
기록경신
이라고.

그러다 보면
어느새 네가 원하는
최종 목표까지
와 있을 거다.

넌 이미
초반보다 많은 걸
이루어 냈어.

매일 아침
꾸미고 나갈 정도로
우쭐거려도 돼.

넌 언제나
헬스장의
누구보다도
잘하고 있으니까.

해일로 인해
토사가 밀려든
지방 성 내부.

젠장…!

젠장…!

죄송
합니다.

지방들이
모자라서
….

이대로는
안 되겠어
….

대장님
….

수지의 몸은
계속 변하고
있다.

언젠가는 이런
참사가 또
벌어질 거야.

회의를
열어야겠어.

뇌

지방

근육

제 1차 3자 회담

근육 대표는?

곧 오겠지요.

아직 앙금이
남아있는 둘.

····

····

뇌는 원래부터 혼자였으니
그렇다 치고, 근육은
대표를 새로 뽑아야 했다.

우리 그동안
대표가 없었나?

그러네!

왜 없지?

하루하루
거지꼴로 연명하다 보니
굳이 힘들여 대표를 뽑을
필요가 없다 생각했다.

하지만,
그게 아니다.

제대로 된
대표가
없으니
그동안
거지꼴을
못 면했던
게다.

꼬마근육을
추천합니다.

우리가
이렇게나마
살게 된 것도 전부
꼬마근육 덕분
아닙니까.

맞아요.

웅성

웅성

맞아.

집도 매일 손보러 다니고.

뚝딱 뚝딱

근육들 모아서 운동도 시키고.

빽 삐삐 빽

돈도 받아오고.

질서 유지.

주우세요!

길이 더러워 지잖습니까!

아…. 알았어….

환경미화에도 힘쓰는….

welcome to 수지나라

꼬마근육이 대표로 선출된 건 당연한 결과였다.

늦어서 죄송 합니다.

초행길이라 잠깐 헤맸습니다.

근육 대표 입니다.

수지나라의 공존과 화합을 위한 첫걸음은 그렇게 시작되었다.

★3권에 계속

19. 혼자서 자세 교정을 어떻게 하지요?

좋은 운동 교재가 많고 좋은 지침도 인터넷에 많지만, 그럼에도 그것을 보고 올바른 운동법을
익히기란 어렵습니다. 헬스클럽 트레이너에게 올바른 방법을 배우는 것이 최선이지요.
개인 교습은 비싸서 못 받는다 하더라도, 자세를 교정하고 올바른 운동법을 알려주는 것은
트레이너의 의무입니다. 부끄럽다고 피하지 말고, 비싼 돈 주고 헬스장 이용권을 끊었으면 가능한 한
쪽쪽 빨아먹으세요. 다만 트레이너가 신은 아닙니다. 대부분은 옳은 운동법을 알려주지만, 개중에는
사이비 운동법을 알려주는 사람도 있습니다. 따라서 충분한 운동이 안 된다든지, 통증이 온다면
한번쯤 의심은 해봐야 합니다. 운동은 개인차가 있어서 "누구나 이 운동만 해야한다!" 라고 정해진
것은 없습니다. 결국 각자에게 맞는 운동법을 찾아야 하는 겁니다.

YouTube나 포탈사이트에서 자세 교정 동영상을 찾아봐도 좋습니다. 자신의 자세와 어떤 차이가
있는지 비교를 해보면, 초라해지는 기분이 들겠죠. 그러면서 발전하는 겁니다. 몇 번의 클릭질이지만,
나중에는 보답이 되어 돌아옵니다.

20. 운동 시간은 너무 길지 않아야 좋다

찬희는 수지에게 항상 힘든 운동을 시킵니다. 이는 운동의 절대량을 늘려서 체력을 높이려는 의도도
있습니다만, 단시간에 운동을 마치려는 의도 역시 큽니다. 운동 시간을 너무 길게 잡으면 운동 효율이
떨어지거든요.

운동 시간이 오래 지속되면 근육에서 에너지가 소비되기 시작합니다. 파고들면 상당히 복잡해지므로
생략합니다만, 이는 신체 나름대로 에너지를 효율적으로 소비하기 위한 작용입니다. 보통 무산소
운동을 1시간 정도 한 시점에서 발생한다고 합니다. 그래서 운동선수나 전문 보디빌더는 이러한
현상을 방지하기 위해 다양한 종류의 휴식법과 영양 섭취법을 사용합니다. 합법적인 범위 내에서
약물을 사용하기도 하고요.

그러나 〈다이어터〉를 진지하게 읽는 독자라면 그 정도의 심한 운동은 하지 않을 겁니다. 단지 시간을
길게 잡고 운동하면 피로가 쌓이고, 이것이 근성장에 방해가 된다는 사실만 기억하시면 됩니다.
그러니 휴식 시간을 길게 잡고 미적미적 운동하지 마세요. 또 금쪽같은 시간이 절약되니 그보다 더
좋은 것이 없겠죠.

21. 피로와 부상

처음 운동하는 부장님처럼 의욕 충만하여 무작정 격한 운동을 하면 어떻게 될까요? 그러면 당장
심한 근육통이 생기고, 끙끙 앓게 됩니다. "근육통은 근육이 자라는 신호라면서요? 근육만 생기면
장땡 아닌가요?"라고 물을지 모르겠습니다. 그러나 근육이 자라는 신호는 일상에 지장이 없을
정도를 뜻합니다. 몸을 못 움직일 정도가 되면 두뇌는 부상이라고 판단하고, 일종의 스트레스
반응을 일으킵니다. 몸의 신진대사는 떨어지고, 몸을 치료하는 데에 온 힘을 기울입니다. 이때
나오는 호르몬은 근성장에 방해가 됩니다. 무엇보다 운동 사이클이 깨진다는 점이 더 큰 문제입니다.
근육통으로 운동을 일주일 쉬면, 이전에 했던 운동은 허사가 됩니다.

부상을 많이 당하는 시점은 보통 기본기가 붙고, 새로운 영역으로 갈 때 입니다. "난 실력자니까 더
무거운 걸 들어도 되겠지?"라면서 욕심을 부려서라고 합니다. 자신감이 붙어도 절대 과신하지 말고
단계적으로 운동을 하세요.

운동을 하다 보면 어느 순간에는 크든 작든 부상을 당하는 순간이 옵니다. 만약 조금이라도 통증이
있거나 부상 신호가 온다면 운동을 중단합니다. 작은 부상을 놔두고 운동을 강행하다가 고질병이 될
수 있습니다. 운동 전에 워밍업과 스트레칭을 해주면 어느 정도 부상을 예방할 수 있습니다.

22. 통증이 있다면 쉬어라

만약 운동 중 관절 부위가 시큰하거나 불길한 소리를 낸다면 지체 마시고 운동을 중단해야 합니다.
의외로 이런 통증을 참고 운동을 하다가 더 큰 부상으로 이어지는 일이 많습니다. 운동 중 통증에
대한 지침이 없기 때문에 간과하기 쉽기 때문입니다. 또 운동에 익숙해지면 성취감과 쾌감을 느끼게
되어 "참을 만한데? 모처럼 기운 나는데 더 하자!"라는 생각을 하게 됩니다.

이런 생각은 부상을 키우는 결과를 낳게 됩니다. 통증은 신체 위험을 감지하는 대표적인 감각입니다.
아무 이유 없이 통증이 생기는 일은 없습니다. 특히, 허리나 무릎 통증은 신체가 보내는 중요한
신호입니다. 이때는 반드시 운동을 중단해야 하며, 통증이 오래간다면 참지 말고 병원에 가시기
바랍니다. 의사는 여러분의 통증을 다른 누구보다도 빨리, 그리고 적은 돈으로 해결해주는
존재입니다.

23. 생활에서 운동을 찾자

1953년 영국의 모리스 박사는 버스 승무원이 버스 운전사보다 심근경색 발병률이 낮다는 것을 발견합니다. 당시는 2층 버스가 운행되었고, 승무원은 매일 1층에서 2층으로 뛰어다녀야 했다고 합니다. 반면에 운전자는 계속 앉아서 근무합니다. 그 운동량의 차이가 실재 발병률로까지 이어졌고요.

이런 원리로 생활 패턴을 바꾸면 소비 열량을 높일 수 있습니다. 크게 어렵지 않아요. 수지가 지하철역 계단을 올라간다든가, 몇 정거장을 걸어가는 행위들이 전부 거기에 들어갑니다. 중요한 것은 평소 어떤 형태로든 많이 움직이는 것입니다. 방 청소, 설거지, 심부름 같은 행동이 다 여기에 속합니다. 한 패션모델은 생활에 소비되는 열량을 늘리기 위해, 앉았을 때는 무조건 다리를 떤다고 합니다. 그것이 효과가 있는지 없는지는 알 수 없지만, 본인은 그 덕분에 먹고 싶은 걸 마음껏 먹어도 살이 안 찐다고 주장하더군요. 믿거나 말거나….

추천할 다른 방법은 출퇴근에 자전거 이용하기입니다. 자전거는 타기 편하지만, 생각보다 소비 열량이 많습니다. 그리고 바쁜 출퇴근 시간에 4~5정거장 정도는 버스보다 더 빠를 정도입니다. 무엇보다 교통비도 크게 절약이 되고요. 환경에 관심이 있다면 그만큼 탄소 배출이 덜 된다는 점을 고려해도 좋습니다. 다만 꼭 헬멧을 쓰고 안전운행하세요.

24. 복식 호흡을 하자!

근육을 움직이는 데 필요한 에너지는 탄수화물+산소입니다. 근육에 공급되는 산소를 늘리려면 일차적으로는 심폐지구력을 늘려야 합니다. 여기에다 복식 호흡법을 익히면 더 효과적으로 산소를 공급할 수 있습니다.

복식 호흡 연습법은 이렇습니다. 들숨은 배를 크게 부풀리고, 코와 폐에 들어온 공기를 배 쪽으로 밀어 넣는 느낌으로 숨을 쉽니다. 날숨은 배를 수축하면서 천천히 내뱉습니다. 들숨과 날숨 한 번에 20초, 총 5분 정도 틈틈이 연습합니다.

복식 호흡은 의외로 터득하기 어렵습니다. 잠들기 전에 복식 호흡을 연습해 보세요. 복식 호흡은 스트레스 해소, 명상 효과 그리고 약간이지만 열량 소모 효과가 있습니다.

25. 무산소 운동과 유산소 운동의 차이점

무산소 운동, 유산소 운동은 다이어트를 하는 중에 지겹도록 듣게 되는 단어입니다.
그래서 이 두 가지 운동은 원래 따로 있는 건가 보다… 라고 많이 생각합니다.
그러나 이는 반은 맞고 반은 틀린 이야기입니다.

근육은 속근과 지근으로 나뉩니다. 속근은 순간적으로 강한 힘을 내는 근육입니다. 지근은 지속적인
힘을 내는 근육이고요. 짧은 시간 강한 힘을 내는 100m 달리기 선수는 주로 속근이 발달하고,
긴 시간 지속적인 힘을 내는 마라톤 선수는 주로 지근이 발달합니다. 운동의 절대량은 마라톤이
많으므로, 심폐지구력도 마라톤 선수가 강합니다.

그러나 이는 전문 운동선수들의 격차일 뿐입니다. 100m 달리기 선수는 심폐지구력, 속근, 지근의
발달 정도가 일반인의 그것을 월등히 뛰어넘습니다. 마라톤 선수의 속근 양은 일반인을 겨우 웃도는
정도지만, 이는 마라톤이라는 운동의 특성 때문입니다.

어느 수준을 넘어가면 무산소 운동과 유산소 운동의 차이는 거의 사라집니다. 유산소 운동으로 얻을
수 있는 가장 큰 이점 중 하나인 심폐지구력 향상도, 고강도의 무산소 운동을 반복하면 똑같은 효과가
있다고 합니다. 또한 유산소 운동의 다른 이점인 지방 연소 역시, 고강도의 무산소 운동으로 어느
수준까지는 높일 수 있다고 합니다. 이런 무산소 운동의 특징을 극대화시킨 운동이 바로 인터벌
트레이닝입니다.

"그럼 난 지루한 유산소 운동 안 하겠어. 무산소 만세!"라고 섣불리 단정하지는 마십시오. 이는 고강도
훈련을 소화할 만한 체력이 뒷받침되었을 때의 이야기입니다. 초보 단계에서는 유산소와 무산소를
분리해서 생각하는 편이 효율적입니다.

그러나 〈다이어터〉를 읽고 운동을 시작하게 된 독자들이 언젠가 고강도 훈련을 하고 더 높은 운동
경지에 이르기를 고대합니다. 운동이 단지 다이어트를 위한 것이 아니라, 운동 자체가 목표가 될
때 진정한 건강에 이른다고 생각합니다. 독자들도 운동 자체의 쾌감과 성취감, 자신감을 맛보면
좋겠습니다. 그것이 바로 다이어트의 완성입니다.

헬스장에 갈 시간이 없다고?
운동 프로그램을 짜는 게 복잡해?
그럼 이걸 따라해라!
살이 쫙쫙 빠질테니까!

설마 이것마저 못한다고
하진 않겠지?

상냥해♥

〈이 책을 사도 운동을 안 하는 독자들을 위한 상냥한 운동법〉

러닝머신 안 해도 돼!

이 프로그램은 스쿼트, 버피 테스트, 플랭크 세 가지 운동 만으로 하체, 복부, 허리의 기초 근육과
심폐지구력을 단련하는 운동입니다. 어려워요. 어렵지만 절대적인 효과가 있습니다.
하루 30분만 하면 당신도 이제 수지like 몸매에서 탈출!
남녀 불문 3개월 최소 5kg 감량을 보장합니다. 거기에다가 근육도 빵빵!

*타깃: 20~30대 여자 (66/77 size)
*12주 프로그램 check 박스가 있으니 매일 운동하며 점검하세요.

1. 스쿼트, 버피 테스트, 플랭크의 운동법은 각각 8쪽, 257쪽, 214쪽을 참고하세요.

2. 한 운동 세트마다 30초, 다음 운동으로 넘어갈 때는 1분에서 1분 30초를 쉽니다.
   총 운동 시간은 대략 20분 정도입니다.

3. 운동 전 스트레칭과 제자리 뛰기 등으로 워밍업을 합니다.

4. 운동 후 10분 정도 걷기, 가벼운 자전거 운동과 마무리 스트레칭을 합니다.

5. 첫 운동 후에 근육통이 올 수 있습니다.
   통증이 심하면 2일간 걷기 운동으로 대체 후 처음부터 시작합니다.

6. 첫째 주 월요일 운동으로 숨도 안 차고 근육에 자극도 안 온다면 당신의 체력은 상당한 겁니다!

7. 개인차가 있으니 자신의 체력에 맞게 적절히 조절하세요.

〈이 책을 사도 운동을 안 하는 독자들을 위한 상냥한 운동법〉

월	화	수	목	금	토 / 일
스쿼트 10X3 버피 10X3 플랭크 15초X3 ☐	스쿼트 12X3 버피 12X3 플랭크 17초X3 ☐	스쿼트 15X3 버피 15X3 플랭크 20초X3 ☐	스쿼트 17X3 버피 17X3 플랭크 22초X3 ☐	스쿼트 20X3 버피 20X3 플랭크 25초X3 ☐	휴식
스쿼트 22X3 버피 22X3 플랭크 27초X3 ☐	스쿼트 22X3 버피 22X3 플랭크 27초X3 ☐	스쿼트 22X3 버피 22X3 플랭크 27초X3 ☐	스쿼트 22X3 버피 22X3 플랭크 27초X3 ☐	스쿼트 22X3 버피 22X3 플랭크 27초X3 ☐	휴식
스쿼트 25X3 버피 25X3 플랭크 30초X3 ☐	스쿼트 25X3 버피 25X3 플랭크 30초X3 ☐	스쿼트 25X3 버피 25X3 플랭크 30초X3 ☐	스쿼트 25X3 버피 25X3 플랭크 30초X3 ☐	스쿼트 25X3 버피 25X3 플랭크 30초X3 ☐	휴식
스쿼트 27X3 버피 27X3 플랭크 32초X3 ☐	스쿼트 27X3 버피 27X3 플랭크 32초X3 ☐	스쿼트 27X3 버피 27X3 플랭크 32초X3 ☐	스쿼트 27X3 버피 27X3 플랭크 32초X3 ☐	스쿼트 27X3 버피 27X3 플랭크 32초X3 ☐	휴식
스쿼트 30X3 버피 30X3 플랭크 35초X3 ☐	스쿼트 30X3 버피 30X3 플랭크 35초X3 ☐	스쿼트 30X3 버피 30X3 플랭크 35초X3 ☐	스쿼트 30X3 버피 30X3 플랭크 35초X3 ☐	스쿼트 30X3 버피 30X3 플랭크 35초X3 ☐	휴식
스쿼트 25X4 버피 25X4 플랭크 30초X4 ☐	스쿼트 25X4 버피 25X4 플랭크 30초X4 ☐	스쿼트 25X4 버피 25X4 플랭크 30초X4 ☐	스쿼트 25X4 버피 25X4 플랭크 30초X4 ☐	스쿼트 25X4 버피 25X4 플랭크 30초X4 ☐	휴식

〈이 책을 사도 운동을 안 하는 독자들을 위한 상냥한 운동법〉

월	화	수	목	금	토 / 일
스쿼트 27X4 버피 27X4 플랭크 32초X4 ☐	스쿼트 27X4 버피 27X4 플랭크 32초X4 ☐	스쿼트 27X4 버피 27X4 플랭크 32초X4 ☐	스쿼트 27X4 버피 27X4 플랭크 32초X4 ☐	스쿼트 27X4 버피 27X4 플랭크 32초X4 ☐	휴식
스쿼트 30X4 버피 30X4 플랭크 35초X4 ☐	스쿼트 30X4 버피 30X4 플랭크 35초X4 ☐	스쿼트 30X4 버피 30X4 플랭크 35초X4 ☐	스쿼트 30X4 버피 30X4 플랭크 35초X4 ☐	스쿼트 30X4 버피 30X4 플랭크 35초X4 ☐	휴식
스쿼트 32X4 버피 32X4 플랭크 37초X4 ☐	스쿼트 32X4 버피 32X4 플랭크 37초X4 ☐	스쿼트 32X4 버피 32X4 플랭크 37초X4 ☐	스쿼트 32X4 버피 32X4 플랭크 37초X4 ☐	스쿼트 32X4 버피 32X4 플랭크 37초X4 ☐	휴식
스쿼트 35X4 버피 35X4 플랭크 40초X4 ☐	스쿼트 35X4 버피 35X4 플랭크 40초X4 ☐	스쿼트 35X4 버피 35X4 플랭크 40초X4 ☐	스쿼트 35X4 버피 35X4 플랭크 40초X4 ☐	스쿼트 35X4 버피 35X4 플랭크 40초X4 ☐	휴식
스쿼트 37X4 버피 37X4 플랭크 42초X4 ☐	스쿼트 37X4 버피 37X4 플랭크 42초X4 ☐	스쿼트 37X4 버피 37X4 플랭크 42초X4 ☐	스쿼트 37X4 버피 37X4 플랭크 42초X4 ☐	스쿼트 37X4 버피 37X4 플랭크 42초X4 ☐	휴식
스쿼트 40X4 버피 40X4 플랭크 45초X4 ☐	스쿼트 40X4 버피 40X4 플랭크 45초X4 ☐	스쿼트 40X4 버피 40X4 플랭크 45초X4 ☐	스쿼트 40X4 버피 40X4 플랭크 45초X4 ☐	스쿼트 40X4 버피 40X4 플랭크 45초X4 ☐	휴식

1

네온비는 모 아이돌 그룹 K군의 팬

우왕 역시 K군이야!!

오늘 바탕화면은 이걸로 할 거임!!

오리질 좀 그만해.

네? 오리질 이요?

덕질.

하하 우라질

빡

내가 그런 농담 하지 말라고 말 했어, 안 했어?

2

라디오 광고 타임.

맛있는 국수~. 얌냠 국수~.

후루룩!!

…여보, 얌냠 국수가 그렇게 좋아?

맛있으니까!

…얌냠 국수가 그렇게 좋아 미치겠니?

게걸

응 맛있으니까!

게걸

저거는 먹지 말라는 뜻 아닐까요?

그러게…. 완전 눈치 없다.

③ 라디오 광고 타임.

랄라랄~
즐거운
○○병원~.

반갑다, 얘!!
너 아직도
요실금 달고 사니
?!!

ㅋㅋ그래,
아직도 요실금
달고 살아?

친구면서
대박
싸가지 없네요.

그러게….
남의 결점을
저렇게 크게
외치다니….

④

조용하고
낯가리는 성격의
네온비는

작가라는
호칭은
과분해….

부끄러워….
숨고싶어….

만화로 알게 된
사람들 말고는
만화를 그린다는
내색을 전혀 하지
않는다.

편한 점은
아무런 의식 하지 않고
아무데서나 신나게
망가질 수 있다는 점.

끄으
아압!!!

회원님^^

예?

친한
트레이너

다이어터
작가예요?

작가죠?

왜 숨겼
어요?

아,
아닌데요?
저 아닌데요?

아닙니다!!

이야기를 자주 나누다보니 작은 단서에서 알았다고 함.

5

날씨가 좋을 땐 화실의 DD를 산책시킨다.

기둥마다 다 들렀다가야 직성이 풀리는 DD.

쿵쿵 쿵

쿵

어디선가 봤는데….

멍멍이가 기둥의 냄새를 맡는 건 인터넷 하는 거랑 같다고….

쿵쿵 쿵

그래그래. 다른 애들이 댓글에 뭐라고 써놨는지 봐라.

쿵쿵

?

?

?

DD는 네온비만 좋아한다.

데려와서 치료하고

밥 주고 씻겨주고

산책시켜주고 화장실 갈아주고

나 외출 하고 올게.

그렇게 지낸 지 3년.

원고에만 집중

쟤랑 둘이 있는 건 싫은데….

항상 등만 보이고 있음

DD야. 이리와

약올리고 싶네.

와앙.

너 싫음

기분전환 겸 같이 영화를 보러갔다.

난 이거 볼래요.

난 이거 보고 싶은데.

하지만 너무 다른 취향.

끝나는 시간도 비슷하니까 각자 보고 입구에서 만나요.

서로의 취향 강요 안 함

그래, 좋은 생각이야.

어차피 보기 싫은 거 보면 불만만 생기지.

같이 보러 간 의미는 없지만

영화관

영화관

어쨌든 둘 다 만족.

아 재밌당 ㅋㅋㅋ

나도 재밌었어 ㅋㅋㅋ

사실 캐러멜과 네온비는 이런 적이 꽤 많다.

8

안녕. 온비야

아, 왜 이렇게 늦게 출근해요.

같이 일 못하겠어.

미안…. 결혼 준비 때문에 너무 바빠….

예물

예단

폐백

뭐…. 어쩔 수 없죠. 바쁘겠다.

결혼 축하함.

우와, 캐러멜님 결혼해요?! 누구랑요?!!

독자

얘랑요.

….

사실 그 동안 내가 더 바빴음

11월에 부부가 됐습니다.

⑨

⑩

어리 바리

저...
일 도우러
왔는데여.

5년 전쯤 서울에
상경했을 때
같이 일을 하게 됐습니다.

사귀던 사람이 각각 있다가
헤어진 상태여서 서로 마음속에
작은 공백이 있었습니다.

안녕.

처음엔 그냥 서로
웃긴 놈이라고 생각했지만
같이 일하다보니
척하면 딱인 경우가 많더군요.

척! ㅋㅋㅋ

좋은 동료이자
좋은 짝꿍이자
인생의 동반자로

유쾌하게 살겠습니다.

ㅋㅋㅋ 딱!

Index

*제작에 도움을 주신 엄명섭 트레이너께 감사드립니다.

다이어터 축전만화

글/그림 yami

저어, 살찌는 음식은 안 되죠? 피해야겠죠?

저희 오늘 세금 내는 날이에요

야호

세금 내는 날- 다이어터 1권 마지막 컷 참고

일주일에 한번 정도 00이 괜찮아

맛있는건 나한테 맡겨

세금이다.

아니 그런데 이분들

말은 그렇게 해놓고

샐러드만 처묵처묵 하잖아아아 아아아아앙!

냠냐 얌냠

처묵

처묵

파스타도 좀 먹으란 말입니다!!!

무서웁다 다이어터, 놀라웁다 다이어터 작가들!

채소 맛있잖아요

채소가 ···?!!

그대들은 인간승리 파이팅 다이어터 2권 발간 축하해요!

다이어터 2

초판 1쇄 2011년 11월 25일
개정판 1쇄 2021년 1월 4일
　　　　 4쇄 2024년 5월 20일

지은이 캐러멜 · 네온비

발행인 박장희
대표이사 겸 제작총괄 정철근
본부장 이정아
편집장 조한별

기획위원 박정호

마케팅 김주희 박화인 이현지 한륜아
디자인 변바희 김미연

발행처 중앙일보에스(주)
주소 (03909) 서울시 마포구 상암산로 48-6
등록 2008년 1월 25일 제2014-000178호
문의 jbooks@joongang.co.kr
홈페이지 jbooks.joins.com
네이버 포스트 post.naver.com/joongangbooks
인스타그램 @j__books

ISBN 978-89-278-1191-6 04810
ISBN 978-89-278-1189-3 (set)
ⓒ 캐러멜 · 네온비, 2021